JN044379

少年悪魔公爵、淫魔に憑かれる

Fuyuko Sano

沙野風結子

CHARADE BUNKO

Illustration

奈良千春

CONTENTS

プロローグ

いかにも魔界らしい曇天の日、アルト・フォン・サリシォナル公爵は森のなか、巨大食虫植物に食われているインキュバスを見かけた。

アルトは黒馬の脚を緩めつつ、それを横目で眺めて冷笑を浮かべた。

インキュバスとは魔物のなかでも下層に位置し、その脳みそも淫らなことを考えるぐらいしかできない。だからあんなギザギザの歯の生えた、どこからどう見ても食虫植物でしかないものの餌食になっているわけだ。

——見た目はなかなかだが、残念な奴だ。

消化液でベトベトになっているインキュバスは、褐色の肌に銀の髪、エメラルドの眸をもつ青年だった。植物の歯のあいだから突き出ている手足は長くて、綺麗に筋肉がついている。

いま見えているのは顔と手足だけで胴体は植物にぱっくりと咥えられているが、おそらく恵まれた体軀をしているに違いない。

インキュバス族は人間を誑かして養分にするから、商売道具の容姿はすこぶる魅力的な者が多い。花が美しい色やよい香りを放って虫をおびき寄せるのと同じだ。

そういえば、吐き気がするほど甘ったるい香りがあたりに漂っている。あの食虫植物が放つものらしい。

おおかた、あのインキュバスはこの香りにまんまと引きつけられたのだろう。

「しかし、食虫植物があれほど巨大化しているのは、やはり例の件のせいか……」

アルトはもの思わしい顔で馬の鼻先の方向を変え、その場を立ち去ろうとしたのだが。

「おい、そこのガキ！」

黒いマントの背に怒鳴り声を投げつけられて、アルトはアメジストの眸を震わせると、黒いリボンで束ねてある金の巻き髪を大きく揺らして振り返った。

「──ガキとは、誰のことだ？」

精いっぱい低めた声で尋ねると、インキュバスが食虫植物から出ている手でこちらを指さした。

「あんた以外、誰がいんだよ」

憤りを押しこめながら、アルトは蔑むまなざしを淫魔に向けた。

「我が名は、アルト・フォン・サリシォナル。魔王ナーハハル様の従弟にあたる公爵であるぞ。見た目こそこのように若々しいが、すでに二千余年を生きておるのだ」

「なんでもいいから俺を助けろ……っ、いってぇ、そこ噛むなっ」

もがけばもがくほど、二枚貝のような口をした植物に深く取りこまれていく。

桜色の唇を歪めると、アルトはふたたび馬を方向転換させて食虫植物の周りをゆっくりと回らせた。

「なぁ、おい、早くしろって。身体が溶けかけてピリピリしてるんだ」

「早く食われるがよい。そのほうが食いつくされるのを、ここで観ていてやろう」

「こんな草のひとつもやっつけられねぇで、なにが公爵だ」

その「こんな草」に食べられている者がどの口で言うのかと、アルトは呆れる。

「勘違いをするな。お前など指先ひとつで助けられる」

「その小枝みたいな指でか？　嘘だな。小悪魔のガキ」

侮辱されて思わず踵を馬の脇腹に押しつけてしまい、馬が脚を速める。

決して表には出さないものの、実際のところアルトは肉体の成長の遅さをひそかに気に病んでいた。

同じほど生きているほかの悪魔たちは、とうに青年の外見を有しているのだ。

「私は四大悪魔に名を連ねているのだぞ。我が名を聞けば、人間どもは震え上がる。人間どもの苦悶こそが我が悦び」

恍惚としながら言うと、インキュバスはアルトをジロジロと眺めた。

「見た目だけなら、あっちのほうの奴っぽいけどな」

「あっちとは？」

かろうじて見えている右手の手首から先だけで、男は空を示した。

「白い翼生やしてパタパタ飛んでる奴」

黒馬はさらにスピードを速め、いまや飛ぶように食虫植物の周りを駆けていた。

天使のような外見というのもまた、アルトのコンプレックスだった。

ゆるくうねる金の巻き髪に、なめらかな線を描く額、いくらか丸みのある頬、アメジストの眸を煙らせる長い睫、鼻梁の甘い鼻に、ほっそりとした顎。無垢な少年そのままの顔立ちと身体つきを、これまでさんざん揶揄されてきたのだ。

「植物に食われる前に、その首を落とされたいか」

横目でギッと睨みつけると、すでに顔だけしか見えなくなっている男が頬を膨らませた。

「そもそもは魔王様のせいだろ。こんなデカくてキモいのが森中を這いまわってんの」

エメラルドの眸がぐるりと周囲に巡らされる。

アルトも同じように視線を巡らせ、巨大食虫植物の群れに囲まれていることに気づく。

根をうねらせて移動してきたのだ。

「少なくとも前はこいつら、動けなかったぞ。魔王様が好き放題するから、めちゃくちゃになってんだろ？　従弟だってんなら、後始末ぐらいしろよ」

黒馬を止まらせると、アルトは眉間に皺を寄せた。

「……そこは認めざるを得ない」

それはこのところ、ずっとアルトが頭を痛めていることでもあった。

いま魔王は狂気のさなかにあるのだ。

アルトは下唇の膨らみを噛み締めると、手綱から手を離した。

腕を胸の前でクロスさせて口のなかで詠唱すると、両手にブーメランが出現する。握る部分以外は諸刃になっている三日月（クレセント）型のブーメランだ。

そして無造作に両腕を開く。

放たれた二本のクレセントブーメランが弧を描きながら宙を飛びまわる。

またたく間におぞましい食虫植物たちの茎が分断されていく。この食虫植物は二枚貝状の部分が頭部となっているため、そこを断ち切られればそれまでだ。

クレセントブーメランは仕事を終えると小鳥のようにアルトのもとへと戻り、彼の周りを飛びまわってから溶けるように消えた。

「これで文句はなかろう」

アルトは、早くも枯れつつある食虫植物に咥えられたまま地に転がっているインキュバスを見下ろしながら告げる。

「いつまで食べられているつもりだ？」

「いや、それが」

恥じらいに頬を染めながら——すでに青黒い顔色になっているが——インキュバスが続

ける。

「ちょっと見せられる身体じゃなくなってんだ」

おそらくすでに消化液で首から下はあらかた溶けているのだろう。

「そうか。死ぬか。仕方あるまい」

アルトは冷淡に言うと、今度こそ馬首を返して立ち去ろうとした。

ただ魔王の従弟としての責任により暴走している食虫植物を成敗しただけで、別にまぬけな下級魔物を助けたかったわけではない。

「いやいやいやいや、ちょっと待てってって！」

続けて、とんでもない言葉に後頭部を殴りつけられた。

「あんたの精液をくれ」

数拍ののちに、アルトは険しく眇めた目を男へと向けた。

「――は？」

「くれたら俺の身体は元に戻る。ほんのひと口でいいんだ」

ひと口とかふた口とかいう問題ではない。

あまりの無礼さに憤りが止め処なくこみ上げてくる。

身を震わせていると、勘違い淫魔が目を細めて舌なめずりをした。

「そんな怯えなくても大丈夫だ。俺はフェラが得意だ」

——食虫植物と一緒に首を刎ねてやるのだった。

いまからでも刎ねてやれば、少しは溜飲が下がるというもの。

しかしただ刎ねるだけでは足りない。断末魔の絶望の表情をたっぷりと眺めてやらねばならない。

アルトはマントを翻して馬から飛び降りると、優美な足取りで男へと近づいた。右手にクレセントブーメランが現れる。軽く腕を振るってそれを宙に飛ばす。

青白く濡れたような光を放ちながら、ブーメランがヒュンヒュンとアルトの周囲に残像の弧を描いていく。

鈍い男もようやく逆鱗に触れたことに気づいたようだ。

仰向けた顔が焦りに歪む。

「贅沢を言いすぎた。体液ならなんでもいい。涙でも汗でも」

おもねろうとする男にアルトは冷ややかに教える。

「私は泣かぬし、汗などかかぬ」

「泣いたことがないのか？」

驚いたように尋ねられる。

「そのような無駄なことはしたことがない」

「マジか……じゃあ、よだれでいいから」

男の頭を踏みつける代わりに、アルトは男に唾を吐きかけた。

口の端にかかったものを、厚みのある唇から現れた舌が舐め取る。

「ああ…、……ん」

翠色の眸がわななないて喜悦に煌めきだす。

「すごい――たまんねぇ」

その恍惚とした表情があまりにも淫らで、アルトは思わず凝視してしまう。

インキュバスとはそうしたものだが、こうして改めて近くで見ると、実に蠱惑的だ。

顔立ちはくっきりとしていて、鼻筋は存外品よく通っている。やや垂れ気味の目に、吊ったかたちのいい眉。喘ぎを漏らす半開きの唇は肉感的だ。浅黒い肌に銀の短髪で、左耳には四つの銀のピアス、右耳の縁には鎖のついたイヤーカフスつきピアスを嵌めている。

唇からふたたび舌が覗いて、先ほど唾液がかかったところを舐める。

哀願するまなざしで乞われる。

「頼む。もう一度かけてくれ」

「――」

「お願いだから」

その表情と囁きに、頭の芯が少しくらりとした。

まぬけでも、さすがは淫魔ということか。

──まぁ殺すのは腹いせをしてからでもよいか。

唾で窒息死させてやるのも悪くはない。

そう考えて、アルトはもう一度唾を吐きかけた。

すると、すぐに舌が伸びてそれを舐め取った。味わいつくすように口をモゴモゴとさせて、まるで快楽を感じているみたいに痴れた表情を浮かべる。

その顔にさらに唾を落とすと、間髪を入れずに摂取する。

今度は舐めにくいように頬に落とすと、伸ばした舌を震わせながら男が顔を歪める。なかなか面白い。

アルトは喉を震わせると、次から次へと唾を男の顔に浴びせた。

「あ、ぁ……ぁあっ」

男が激しく身悶えたのが、枯れて萎れた食虫植物越しにわかる。

どうやら身体が再生されてきたらしい。

うっかり遊んでしまったが、本番の愉しみはこれからだ。助かる希望を与えたうえで、クレセントブーメランで切り刻んでやるのだ。

──最高の絶望を奏でさせてやろう。

残忍な笑みを浮かべるアルトを見上げて、男が心底から感嘆しているみたいに呟く。

「なんでそんなに綺麗なんだ?」

「……」

手心を加えたわけでは決してないが、狙いが少しだけズレた。

ブーメランが男の頬をかすめるように飛んで空へと跳ね上がり、そしてもう一度、今度こそ男の首を掻き切ろうと降下する。

「ヒッ」

それを避けて朽ちた植物から飛び出した男は全裸だった。

再生したばかりの肉体は瑞々しく湿って輝いている。

野性味の強い伸びやかな肢体が、弧を描きながら追ってくるブーメランから逃げて、地を蹴り、木に登り、枝から枝へと飛び移っていく。

「意外と俊敏だな」

アルトはいくらか感心しながら、躍動する男を眺めていた。

ブーメラン二本であれば瞬殺だっただろうが、一本とはいえこれだけ逃げおおせる者はなかなかいない。

猿のように木から木へと飛びまわっていた男が、ふいに落下してきた。

アルトのすぐ目の前にドッと両足をつき、曲げきった膝をバネにして、こちらに跳ねる。

避けようと思ったときにはすでに、ぶつかりながら抱きつかれていた。

長くてしなやかな手脚に絡みつかれて、アルトの身体は仰向けに倒れる。地面に後頭部を打ちつけるかと思ったが、その衝撃はなかった。

男が手で後頭部を包み、ガードしてくれたためだろう。

「っ、この不敬者め、離れろ！」

もがくが、体格が圧倒的に違う。

このまま男を切り刻むこともできるが、自分まで血まみれ肉まみれになってしまう。嗜好的にはかまわないものの、これから魔王城に寄らねばならぬことを考えると、いまは避けたかった。

簡易魔法で電流を流して動きを封じることにして、男の素肌に指先で触れようとすると、近すぎる距離からエメラルドの眸が懸命に見詰めてきた。

「あんたは命の恩人だ。この礼は全力で身体で返させてくれっ」

男の目がやたらキラキラしていて、ついでに腿に硬いものが当たっていることにアルトは気づく。命のかかったこの状況でも発情するのは、さすが淫魔といったところか……。

「けっこうだ」

「俺はめちゃくちゃうまいんだぞ？　インキュバスのなかでも指折りだ」

「いらぬと言っている」

苛立ちながら返すと、男がまじまじとアルトの顔を見詰めて呟いた。

「あんたと一度できたら、もう死んでもいい」

「――」

もう血みどろになってかまわないから、いまこの瞬間、鬱陶しいインキュバスを切り刻んでしまおうとしたときだった。

急に視界に宝石そのものの翠色が広がった。

やわらかくて弾力のある感触に唇をふわりと包まれる。

なにが起こったのか理解できないまま目を見開いているアルトのうえから飛び退くと、インキュバスは風のごとき速さで走り去っていった。

ブーメランがすぐ近くの地面に突き刺さる。

「ぁ……」

息を吹き返すような呼吸をして、アルトはむくりと身体を起こした。

そして機械的な動きで黒馬に跨がると、唇をこそげ落とさんばかりに手の甲で擦った。

死にかけていた下級魔物に、よりによって四大悪魔であり、魔王の従弟である自分が唇を奪われたのだ。

殺意が果てしなく膨れ上がっていく。

「次に見かけたら一瞬のうちに細切れにする」

馬の脇腹を思いきり蹴ると、八つ当たりされた馬は耳を後ろに倒して不満を表明しつつ、魔王城に向けて森のなかを駆けだした。

1

「ナーハハル様のご様子はいかがだ?」

魔王城の廊下に置かれたソファに並んで座って煙管(キセル)を吹かしているソプラノとテノールに、登城したアルトは尋ねた。

「もぉ、最悪の最悪よぉ」

四大悪魔の紅一点であるソプラノが、うんざりした険のある顔でこちらを見上げる。まなじりに長く入れられたアイラインが凶悪で色っぽい。露出度の高い黒革のスーツにハイヒール。腰まで届くまっすぐな金の髪には——緑色のスライムがこびりついている。

スマートな男前っぷりが売りのテノールもまた、栗色(くりいろ)の髪がボサボサになっていて、目の下に黒々としたクマを作っていた。

「このままでは魔界の終焉(しゅうえん)だよ」

アルトはなめらかな眉間に深く皺を刻むと、足早に廊下の突き当たりへと向かった。

そこにそびえ立つ巨大な鋼の扉に掌を翳(かざ)す。

ギギギと音をたてながらアーチ型の両開き扉が奥へと開いていく。

魔王の間に足を踏み入れたとたんアルトは、耳をつんざくようなキィィィィという甲高い奇声に襲われて思わずよろけた。

「あ、アルト殿、そこの魔法陣を消してくださいっ！」

　低く響く声に頼まれて、アルトはすぐ足許にある魔法陣に目をやる。

　世界の空が落ちてくる究極奥義の禁忌魔法陣が、もう一本線を足すだけで完成するところまで描かれていた。

　これだけでなく、魔王の間の床のいたるところに、魔法陣が描き散らかされている。あの壁際にあるのは植物を劇的に進化させる魔法陣だ。

　激しい頭痛を覚えながら、アルトは足許の魔法陣に手を翳した。銀色に輝く魔法陣がぐにゃりと変形して溶け消える。

「ありがとうございます。世界が救われました」

　床に膝をついて幼い子供を羽交い締めにしたまま、バスが頭を下げる。

　魔界の重鎮として名高い壮年の大悪魔もまた、ソプラノやテノールと同様に疲弊しきっていた。

　バスの腕のなかでは、黒髪をおかっぱ頭にした小さな男の子が荒れ狂う猫のように、ぐにゃぐにゃと暴れている。その指先から紅い光線が放たれる。アルトがそれをひらりと躱すと、背後の壁がジュッと熔けた。

「もっと、もっと魔法陣をいっぱい描くのっ‼」

「もう本当におやめください、魔王様」
手をがぶりと噛まれて苦痛に顔を歪めながらバスが哀願する。
……このような狂気の沙汰が、もうひと月以上も続き、魔界を大混乱に陥れていた。

ひと月半前のその日、アルトは魔王城を訪れ、ナーハハルと今後の魔界の行政について話し合いをした。

魔王ナーハハルは背にかかる黒髪をオールバックにし、その額には黒き宝玉をあしらった額飾りを嵌めている。彼の双眸は黒き宝玉よりもさらに深い漆黒に煌めき、額にも鼻筋にも口元にも締まりのある輪郭にも、聡明さと気品が宿る。

そして殊に見事なのが、頭に生えた二本の歪曲するツノだ。それがナーハハルの美貌を禍々しく彩っている。

長軀に立ち襟の黒衣をまとい、血の色のマントを翻すさまは鳥のように優雅で威厳に満ちており、見る者に畏怖の念をいだかせる。

アルトはこの年の離れた従兄——三千歳ほど違う——のことを心から敬愛していた。

その日も有意義な話し合いをできて満足して帰路についたのだが……それが、まっとうな魔王ナーハハルを見た最後となった。

邸に戻ってほどなくして、魔王城から使い魔が飛んできたのだ。

魔王の身にただならぬ異変が起こったのだという。

アルトは黒馬に跨がり、魔王城へと馳せ参じた。

そうして、幼い姿となったナーハハルを目にしたのだった。

外見だけではない。精神年齢まで幼くなってしまっていた。それでいて、魔力と魔法の知識は保持したままだった。

ちなみにツノは小さくツンと尖った愛らしいかたちに縮んでいた。

いつも嵌めている額飾りも紛失しており、額の紋様が露わになっている。

ナーハハルに訊いても最後に会ったのはアルトだと言い、またこのような強力な呪い魔法を魔王にかけられるのは四大悪魔ぐらいのものであるため、犯人としてアルトが疑われた。

ほかの四大悪魔たちはアルトがいかにナーハハルに心酔しているかを知っているからこそれだけはないと反論してくれたが、それ以外の悪魔や魔物は、アルトが魔王の座を狙ってのことだという疑いを解くことはなかった。

魔王がいたずら心で描き散らす魔法陣によって被害に遭っている魔界の者たちは、それもアルトの仕業であると噂した。あまりの不条理さにガス抜きとしてアルトが標的にされている面もあったのかもしれない。

『アルト様は少年のような外見にコンプレックスをもっていて、完璧な魔王様を引きずり下ろしたくてしょうがなかったんだ』

『あのおぞましい天使みたいな外見で魔王になろうなど片腹痛い』

『いつもツンツンしてて、魔王様の従弟ってのを鼻にかけてて感じ悪い』

『アルト様を殺せば、魔王様の呪いが解けるらしいぞ』

そんなことを、わざとアルトの耳に届くように言う者もいた。

だからアルトはできれば幼くなってしまったナーハハルの世話を焼きたいところだったが、この事態を解決するまでは魔王城に入り浸らないようにした。

そして代わりに、誰がどのようにして魔王を幼な子に変えてしまったのかを必死に調べ歩いたのだった。

ただそれは困難を極めた。

実際のところ、犯人は誰にも見られずに城に侵入して魔王に接触し、戦闘の騒ぎを誰にも聞かれることなく、強力な魔法をもちいて魔王に害をなしたのだ。

調べれば調べるほど、自分が犯人であるのがもっとも納得できるとアルトも思ってしまうほどだった。

「それで、なにか端緒(たんしょ)は摑(つか)めましたか？」

グズるナーハハルを宥(なだ)めようと変顔をしてみせて奮闘しつつ、バスが訊いてくる。

「風の噂程度のものだが、気にかかる話は得た」

床を埋めんばかりに落書きされた魔法陣をひとつずつ消して歩きながらアルトは続ける。

「人間の国に、魔王を討伐したと吹聴している勇者パーティがいるらしい」

昔から人間たちは数人でパーティを組んで、魔王討伐に向かうことをイベントの一種としておこなってきた。

天変地異や執政への不満を魔界のせいにしてのことだったわけだが、そのほとんどは魔界の関知しないものだ。

実際に魔界に辿り着けるパーティですら二百年にひと組程度のものだから構うことはないという魔王の寛大な計らいにより、これまで大目に見てきたのだが。

バスが苦虫を嚙み潰したような顔になる。

「人間ごときに我らが魔王様が討たれるなど笑止」

「私もそうは思ったのだが、調べたところ、魔界と人間界の垣根に、人が通ったと思しき穴が開けられていた」

魔物は闇の回廊――それは人の心の闇によって造られる――から、人間界に抜けることができる。

だが、人間が魔界に来るとなれば、境界にある分厚くて天まで届く荊の垣根を抜けるほかないのだ。

「ずいぶんと雑に荊が焼かれて穴が開けられていた。おそらく強力な魔道士がパーティにいたのだろう」

バスが灰色の髪に、ナーハハルの愛らしい手で緑色のスライムをベタベタとなすりつけられながら、難しい顔をする。

「あの荊を貫通させるほどの火炎魔法を使えば、魔王様はもとより我々四大悪魔も感知したはずですが……」

「そこは本当に訳がわからぬ。だが、かならずなにかカラクリがあるはずなのだ」

床に胡坐（あぐら）をかいてナーハハルをかかえているバスの前に、アルトは慇懃（いんぎん）に跪（ひざまず）いた。

スライムまみれの小さな手がこちらに伸びてくる。

その手を恭しく握り、子供らしいふっくらとした手の甲に唇をつけると、ナーハハルがくすぐったそうに身をくねらせた。

「アルトと遊ぶ」

「私もそうしたいところなのですが、早急に旅立たねばならぬのです」

バスが怪訝（けげん）な顔をする。

「いったいどちらに？」

「人間界に行き、ナーハハル様に害をなした者どもを斃（たお）す。さすれば、この呪いも解け、ナーハハル様は魔界の名君としてふたたび崇められることになろう」

「まずは尖兵をやり、勇者の噂が真実か否かを確かめさせるべきでは？」

「悠長にしていれば魔界はもとより世界が滅びよう」

それに魔界内には、アルトが犯人で、その命を奪えば魔王にかかっている呪い魔法が解けると考える者も多くいる。

特に四大悪魔に選出されそこねて気を悪くしているバリトン伯爵は、その流れを扇動し、アルトを賞金首にしようと画策しているらしい。

ナーハハルを救うためにも、自分の身を護るためにも、一刻も早く魔界を離れ、勇者パーティを殲滅しなければならない。

強い決意が伝わったらしく、バスが渋い顔をしたまま助言してきた。

「しかし、敵は何者であるにせよ、かなりの手練れです。アルト殿もそれに対抗できる強力なパーティを組んで向かわれますよう」

「……」

アルトは顔を曇らせた。

自慢ではないが、人望のなさには自信があるのだ。

この外見のせいで悪魔たちからは軽んじられ、なにかというと揶揄されてきた。淫らなことを仕掛けてくる者はあとを絶たず、それを退けるために魔力を鍛え上げてきた。

ソプラノ、テノール、バスという四大悪魔の同僚は信頼できるものの、彼らはナーハハルの子守のために魔王城を離れられない。

「下手な者を仲間にすれば寝首を掻かれかねない。ここは私ひとりで――」

「我も行く！」

ふいにナーハハルが甲高い声で言いながら短い腕を大きく上げた。

バスが慌てて諭す。

「魔王様はこの城におられなければなりませんっ」

アルトも顔色を変えてバスに加勢する。

「魔界を護れるのは偉大なるナーハハル様だけなのです」

「んー」

おかっぱを揺らしながらナーハハルが小首を傾げる。

「我がここからいなくなったら困るか？」

バスとアルトは力いっぱい頷いてみせる。

ナーハハルはしばし、丸い頬を不満そうにさらに丸くしていたが、妥協案を口にした。

「ならば、アルトのお友達は我が決める」

お友達というのは、パーティメンバーのことらしい。

それも辞退したいところだったが、ナーハハルが同行するという地獄のような前振りがあったため、許容範囲であるように思われた。

「なんたる光栄。ありがたく、心強い限りです」

三日のうちにパーティメンバーを選定すると言い渡されて、アルトは重い気持ちで魔王城をあとにしたのだった。

2

「アルト、遅い」

急遽呼び出され、馬を飛ばして登城したアルトに、魔王ナーハハルは口を小鳥の嘴のように尖らせた。

「申し訳ありません」

かたちばかり謝りながらアルトは、魔王の間の片隅で、鎖に繋がれてスライムを口に詰められて座っている三人を横目で見やった。

ひとりはキツネの耳と尻尾の生えた少年、ひとりは温厚そうな面立ちの鎧を着た男だ。

そして残るひとりは——アルトは思わず凝視して、きつく眉をひそめた。

嫌な予感を覚えながら、ナーハハルが投げつけてきたスライムをさりげなく避け、片膝をつく。

「本日はどのようなご用件でしょうか？」

ナーハハルの手からスライムの塊を取り上げたバスが、痛ましい顔をしている。

嫌な予感そのままのことを、ナーハハルは口にした。

「あの三人がお前のお友達だ」

「わかりました」

とりあえず受け入れたふりだけして、すぐに解放してしまえばいいと腹のなかで思ったのだが。

「アルトのお友達をやめたら爆死する」

「……それは不要かと思います」

「アルトは我の大切なお友達だ。絶対に守るのだ」

敬愛するナーハハルから大切に思われていることに感動を覚えるものの、しかし爆死は迷惑でしかない。

「鎧の男はまだしも、ほかのふたりはむしろ足手まといになるのではないかと」

せめてチェンジしてもらおうと切り出してみたが、ナーハハルが漆黒の眸に涙を滲(にじ)ませた。

「一生懸命、選んだのに……」

バスが疲れ果てた顔をして言う。

「この三日間、不眠不休で選びました」

それだけ厳選して、なぜこの顔ぶれになるのか。

アルトは改めて三人を順繰りに見やり――エメラルドの眸を煌めかせてこちらを食い入るように見ている淫魔に、嫌悪の表情を投げつけた。

よりによって、どうしてあのまぬけなインキュバスがここにいるのか。

「あの裸の男だけは替えてください」

「ダメ」

にべもなく即答される。

「……いったい、どのような理由で選ばれたのかお教えください」

するとナーハハルが三人のところに駆け寄った。

そして鎧を着た男の口からスライムをずるりと抜き取った。噎(む)せる男を指さしながら説明する。

「バッソ。狂戦士(バーサーカー)で、キれるとすごく強い」

少し困ったようなかたちの眉や焦げ茶色の眸はひたすら穏やかそうで、とても狂戦士には見えない。

「でも、ほとんどキれないんだって」

それでは役に立たないのではないかという言葉をアルトは呑みこむ。

次に真ん中に座っている少年の口から、ナーハハルはスライムを勢いよく引き抜いた。

少年が激しく噎せる。キツネ耳は垂れ、尻尾はボサボサに逆立って膨らんでいる。

「リフ。獣人。とっても鼻がいいから役に立つ」

見た目の年齢はアルトよりいくらか若く、子供と少年の真ん中あたりだ。髪と眸はキツ

ネ色をしている。

「でも泣き虫で、泣くと鼻が利かなくなるみたい」

頭脳ごと幼くなっているナーハハルに、まともに意見するだけ無駄というものだ。

アルトは感情を抑えこんで尋ねる。

「最後のソレは、どこで拾われたのですか？」

「コレはぁ」

ナーハハルがインキュバスの口からずるずるとスライムを抜きながら言う。

「アルトに会わせろって、ここに来た」

スライムが抜けきらないうちに、男が堰（せき）を切ったように自己紹介を始める。

「俺は、ラルゴだ。インキュバスで、このとおり見た目が最高だ」

それを無視して、アルトはナーハハルに詰問する。

「この男だけはどうやっても使い道があるとは思えません。どういう理由で選ばれたのですか？」

ナーハハルより先に、ラルゴが口を開く。

「あんたに惚（ほ）れたからだ。アルト・フォン・サリショナル公爵」

氷のまなざしで一瞥（いちべつ）すると、ラルゴが身震いした。

「その見くだす感じがまた……」

「ナーハハル様、お聞きになったでしょう。このようなふざけた者と命がけの旅をともにするわけにはいきません」

しかし、ナーハハルは目を輝かせる。

「アルトのことが大好きなんだよ！　それなら、絶対にアルトのことを守ってくれる！」

「――」

アルトは深い絶望感を覚え、助けを求めるようにバスを見たが、彼は申し訳なさそうに首を横に振った。

パーティメンバーの選考にあたってバスも彼なりに懸命に忠言したが、ことごとく撥ね除けられたのに違いなかった。

「しかし、ナーハハル様……」

反論を試みようとすると、ナーハハルが走り寄ってきて、アルトの上着の袖をギュッと握った。見上げてくる黒曜石の眸は純真無垢だ。

「アルトは我のことが大好きだから守ってくれる。違うのか？」

「……」

片膝をついて座ると、アルトは小さなスライムまみれの手を両手で包んだ。

「違いません。敬愛しています」

ナーハハルが愛らしく微笑む。

「お友達のことを、我の代わりだと思え」

もう反論もできず、アルトは項垂れるように頷くほかなかった。

ラルゴとリフとバッソの鎖が外され、アルトは彼らを連れて城の宝物庫へと向かった。旅の装備を整えるためだ。実は宝物庫にも勇者パーティは立ち寄ったらしく、いくつもの秘宝が消えたという。

宝物庫にはソプラノとテノールがいて、それぞれに最適な装備を用意してくれていた。

ソプラノが目録を片手に説明してくれる。

「アルトには攻撃魔法と武器攻撃をバランスよく強化する装備の組み合わせにしておいたわ。獣少年は素早さが高いから短刀使いの盗賊(シーフ)属性、狂戦士さんは物理攻撃特化で魔法防御強化ね」

それからソプラノは全裸のラルゴを頭のてっぺんから足の爪先まで何往復も眺めた。

「インキュバスはけっこう悩みどころだったのよ。物理攻撃もいけそうなんだけど、やっぱりここは魅力(チャーム)特化で、踊り子属性にしたわ」

「踊り子……それはまた使えなさそうな」

思わずアルトが呟くと、ソプラノが目を細める。

「案外、敵パーティを崩すのに効果があったりするのよ」

それぞれが装備品を身につける。

「久しぶりに服を着られたぜ」

ラルゴがしげしげと姿見を眺める。

革の胸当てと革のアームカバー、下半身は飾り布が前後についたゆったりとしたパンツで、足は布靴だ。首や腰や足首に煌びやかな飾りをつけている。

防御力はあまり期待できそうにない格好だが、武器が鎖鎌というのは悪くない。

それに認めたくないが、褐色の肌に踊り子の装いはよく映え、銀の髪とエメラルドの眸と相まって、蠱惑的な仕上がりになっていた。

筋肉が綺麗に割れて引き締まったラルゴの腹部を目にして、アルトは薄っぺらい自分の身体と比べてしまい、嫌な気分になる。

ラルゴが前後の飾り布を外しながら言う。

「この布はいらねぇよな。なんてったって淫魔なんだし」

下腹部のあたりは際どい下着が露出するデザインであるため、すこぶる卑猥な様子になる。確かに淫魔としてはそれで正しいが。

「……人間の前に出るときはつけておけ。無駄なトラブルの種になる」

アルトの言葉に、ラルゴは不服そうな顔をしつつ頷いた。

その後、ラルゴはソプラノにつきまとって、あれこれ話しかけていた。淫魔なだけに美女には弱いのだろう。ソプラノもまんざらでもない様子だ。

アルトがアクセサリーを選んでいると、ラルゴが銀色の大きなリボンをもってきた。

「この『月の女神のリボン』は、状態異常をかなり防いでくれるらしいぜ」

「いらぬ」

「絶対似合うって」

「お前がつけていろ」

冷ややかに言って、いくつかのアクセサリーと回復系の消耗品を袋に詰めていく。

テノールが同情しきった顔で耳打ちしてきた。

「こんなパーティでは気が滅入るね。女の子がひとりもいないなんて」

端正な美男のテノールは生粋の女好きで、幼女から老女までが守備範囲だ。

「でも人間界にも可愛い女の子はたくさんいるか」

露骨に羨ましがる顔をしながらアルトの肩を励ますように叩く。

準備が整うと、いよいよ勇者討伐パーティの出立となった。

魔王ナーハハルをはじめとして、バスとソプラノとテノール、上級悪魔や衛兵など城にいたすべての者たちに見送られて、アルト一行は魔王城をあとにした。

……おそらくナーハハル以外、パーティ四人が揃って帰還することはないと思っているに違いなかった。

そして、それはアルトも同意見だった。

ひとりだけ馬に跨がっているアルトは魔王城から離れると、馬の脇腹に踵を強く当てた。

このまま置きざりにしてしまおうという算段だ。

ナーハハルは『アルトのお友達をやめたら爆死する』と言っていたから、三人はすぐにそういうことになるのかもしれないが、この先ずっと足手まといを連れ歩くよりはマシだ。

爆死を回避する方法はあるものの面倒であるし、あの淫魔を処分する手間も省ける。

そう考えて、どんどん馬の速度を速めていったのだが。

リフのものらしき、涙声がすぐ後ろから聞こえてきた。

「僕、知ってるよ。アルト・フォン・サリシォナル公爵は冷酷なんだ。だから、僕たちのことを邪魔にしてすぐに始末しちゃうんだ」

振り返ると、三人とも走りながらしっかりついてきていた。

しかも余裕があるらしく、息を切らすこともなく会話をする。

「泣いては、その自慢の鼻が利かなくなるでしょう？　ほら、かみなさい」

重い鎧をまとっているバッソが走りながら、取り出したハンカチをリフの鼻に宛がう。

「ありがと」

音をたてて洟をかんで、リフが泣き笑いの顔をする。

身軽な踊り子姿のラルゴと目が合う。

ラルゴはとたんに満面の笑みを浮かべ、走る速度を上げたかと思うと馬に飛び乗った。

アルトの後ろに座り、両腕で抱きついてくる。

「降りろっ」

ラルゴを振り払おうとするのに、存外に力が強くて、身じろぎするぐらいしかできない。

「いい匂いがするな。睡蓮(すいれん)の匂いか？」

耳のあたりに鼻を押しつけられて、鳥肌がたつ。

ナーハハルの手前、抑えていたものの、もともとこの男のことは細切れにする予定だったのだ。

不意打ちで唇を奪われたときのことがありありと思い出されて、憤りがこみ上げてくる。

クレセントブーメランを出現させるために呪文を唱えようとすると、ふいにラルゴに手綱を奪われた。

そして、馬を方向転換させられる。

「どこに向かうつもりだ？」

首をひねって睨みつけると、ラルゴが馬の脚を緩めさせながら言ってきた。

「荊の垣根に行くんだろ？」

人間界との境にある荊の垣根は、人間が魔界に来るときには通る必要があるが、魔物が人間界に行く際には必要ない。

「闇の回廊を抜ければよいだろう」

闇の回廊は、ここからほど近い山の麓にあるのだ。

荊の垣根に行くには、ナーハハルのいたずらによって大混乱に陥っている深い森を抜けなければならない。

「適当な場所に抜けて、勇者を探すってことか？」

「そのつもりだ」

ラルゴがリフを見下ろす。

「でもうちにはせっかく鼻が利く奴がいるんだ。勇者パーティが通ったっていう荊の道を通って匂いを辿ったほうがよくないか？」

「ひと月以上前の匂いなど辿れるはずが……」

「辿れるよ」

つぶらな目でアルトを見上げながら、リフが言う。

「一年前ぐらいまでの匂いなら辿れるんだ」

アルトは改めてリフをまじまじと見た。

キツネの耳と尻尾、首元には「盗む」の確率を上げるスカーフ、丈の短い毛皮のポンチョに、ムートンブーツ、手首に毛皮のついた手袋。

……ソプラノが見た目重視で装備を選んだのが伝わってくる。

「一年前の匂いまで嗅ぎ分けられるのは、かえって混乱するのではないか？」

「ちゃんと必要なものだけ嗅ぎ分けるから平気だよ」

バッソが「リフ殿はとても優秀なのですね」と感心する。

どうせ子供の気まぐれで選んだのだろうと思っていたが、ナーハハルなりに本当に厳選したのかもしれない。

「な？　匂いを辿って、勇者たちの情報を集めながら行くのがよさそうじゃね？　誰も気がつかないうちに魔王様に呪い魔法をかけるなんて、そうとう強い敵なんだろ？」

ラルゴの言うことにも一理ある。

「急がば回れ、か。嫌いな言葉だが」

「そうそう。せっかく一緒にいられるんだから、ゆっくり行こうぜ」

いい気になって、ラルゴが後ろから抱き締めてくる。

「俺があんたを守ってやる」

ふわりと甘ったるい香りに包まれる。インキュバスのフェロモンだろうか。

腹の奥に嫌な感じが起こり、アルトは男の首筋へと指を伸ばした。肌に触れながら、口のなかで短い呪文を唱える。

強い電流に体内を貫かれたラルゴが動けなくなって、馬から落ちた。

「すみやかに森を抜ける」

三人に冷ややかな視線を向けて告げると、アルトは森に続く道へと馬を走らせた。

3

フサフサの長い尻尾を抱きながら、リフが半泣きで歩いている。

それを馬上から振り返り、アルトは声を尖らせた。

「泣いていては、いざというときに鼻が利かなくなる」

「だって……僕の尻尾が」

木の根に座って休もうとしたところ、根に歯が生えていて毛を毟られたのだ。

ただの植物もナーハハルの魔法によって、食虫化や狂暴化といった異様な進化を遂げている。

「前よりも酷いな」

ラルゴなど、ここまでで軽く十回は食虫植物に捕まっていた。

どうやら彼から漂う甘い香りに引き寄せられるらしい。まるで蛇のような勢いで、ラルゴに食いついてくるのだ。それを毎度、バッソが剣で救出していた。

ふいに跨がっている馬が大きく跳躍した。足許に群生している蔓触手を避けたのだ。

ラルゴが素早く木に登って、枝から枝へと飛び渡りながら言ってくる。

「あんたのその馬、すげぇな。ずっと完璧に回避しきってるじゃねぇか」

「ソナチネは私に似て有能だからな」

「大事な相方なんだな」

するとソナチネが誇らしげに高い声で断いた。

「……別にそういうわけではない。ただの主従だ」

ソナチネとはもう人生の半分、千年ほども一緒にいる。自分の手足のようなものだった。

「照れんなって」

楽しそうに笑うラルゴを、アルトは横目で睨む。

もうすぐ荊の垣根が見えてくるころだ。

前に調査に来たとき目にしたのと同じ光景が広がる。

草木が焼けて焦土と化した土地が丸く広がり、その向こうには穴の開いた荊の垣根が天までそびえている。穴のところに黒い蓋があるのは、アルトが魔術で塞いだためだ。

「すげぇ火力だったんだな」

ラルゴが目を白黒させる。

リフを背負って蔓触手地帯を抜けたバッソが気弱そうに眉尻を下げる。

「敵には強力な魔道士がいるのですね……」

バッソの背中でリフが鼻をひくつかせた。

「人間の匂いがする」

「人数もわかるか？」

アルトが尋ねると、リフは頷いた。

「ふたりだよ」

「ふたり？　まさか、そんなわけはなかろう」

「本当だよ。ふたりぶんの人間の匂いしかしない」

勇者がたったふたりのパーティで魔界に乗りこみ、ナーハハルに害をなしたなどとは認めたくなかった。

「お前の鼻は頼りにならないようだ」

一蹴すると、リフが目と鼻から水を出しはじめた。

「あー、泣かせた」

ラルゴがからかう口調で言ってくる。

「私は妥当な知見を述べたまでだ」

「はいはい。まぁ、今日はもうここで野宿だな」

アルトは垣根の穴を指さした。

「どうして野宿する必要がある。あそこから人間界に抜けられるのだぞ」

「あんたは馬に乗ってただけだから楽勝だろうけど、俺たちはヘトヘトなんだよ。それに誰かさんがリフを泣かせちまったから、いま人間界に抜けても匂いを辿れねぇだろ」

「それは……」

言葉に詰まり、アルトは仕方なく、苦い顔で馬を降りた。

アルトは食事というものを必要としないが――腹が膨らむとすれば、それは誰かの阿鼻叫喚や断末魔だ――、ほかの三人は硬いパンとチーズとハムを口にした。

そしてなんとなく人間のパーティの真似をして焚き火を囲んで横になったのだが。

すぐに身体をまさぐられる感触が起こって、アルトはその手を思いきり引っ掻いた。

「いてっ」

「なにをしている」

アルトに覆い被さろうとしながらラルゴが小声で言ってくる。

「俺はほら、インキュバスだから」

「だからなんだ?」

「ちょっとでも体液もらわないと消えてなくなる」

薄目を開けて男を睨む。

「ちょうどいい。消えろ」

「それじゃあんたのこと守れないだろ。あんたを絶対に守るって魔王様と約束したんだ」

「……インキュバスごときに私を守れるわけがなかろう」

ラルゴの脳みそは、子供返りしてしまったナーハハルと大差ないらしい。

「お前は何歳なのだ？」

「発生してから十年と少しかな」

思わず目を見開き、改めてラルゴを観察する。

焚き火の炎に照らされたそれは、完成された男の肉体だ。

インキュバスは人間を誑しこむのに最適な外見が必要だから、年齢と外見がかならずしも一致しないものだが、それにしてもギャップがある。

ラルゴから放たれる甘ったるい香りが一段と濃密になっていた。

また身体が内側からムズムズするような感覚が起こり、アルトはぞんざいに言う。

「どうしても必要なら、リフかバッソの体液にしろ」

「あんたがいい」

切なげに眉根を寄せながら顔を近づけてくるラルゴの首筋に、アルトは指先を当てた。そして容赦ない量の電流を流しこむ。

バチバチと音があがり、声も出せずにラルゴが横に転げた。これでしばらくは動くこともできないだろう。

「私はいつでもブーメランでお前を切り刻める。ナーハハル様に免じてそうしないだけのことだ」

脅しをつけ加えて、アルトはラルゴに背を向けた。

動けずにいるラルゴの腹が、空腹に盛大に鳴る。リフとバッソの、のどかないびきが聞こえている。

勇者を討伐するためのパーティの一日目とはとうてい思えない緊張感のなさに、アルトは深い溜め息をついて、ふたたび瞼を閉じた。


「……ふ、……ぁ」

身体をなにかが這いまわるくすぐったさに、アルトは眉間に皺を寄せた。ラルゴに違いない。

——あれだけの電流を受けて、もう動けるようになったのか。

やはりここはもう、クレセントブーメランで切り刻むしかない。

そう裁定をくだして、呪文を詠唱しようとしたのだが。

「ん、ぐ」

突如なにかがずぶりと侵入してきて、口のなかがいっぱいになった。

ぬるついた太いものが口腔を抉るように身を躍らせる。

アルトはそれを引き抜こうと口に手をやろうとしたが……両腕ともなにかに搦め捕られ

ていることにようやく気づく。

驚愕に目を開いたのと同時に、身体をぐうっと宙に吊り上げられた。

いったいなにがどうなっているのか。

忙しなく視線を巡らせると、蔓系の食虫植物が身体のいたるところに巻きついていた。何十本、いや何百本という蔓に群がられているのだ。人の手首ほどの蔓もあれば、糸のように細い蔓もある。

細い蔓はすでに衣類の隙間を縫って素肌にまで這いこんでいた。身体のあちこちから悪寒が拡がっていく。

アルトはおぞましさに顔を引き攣らせながら、口のなかの蔓に歯を立てた。呪文の詠唱さえできれば、このような下等生物など瞬殺だ。

コリコリとして弾力のあるものは嚙みにくいうえに、嚙むほどに激しくのたくる。それでいて退こうとはせずに、どんどん喉の奥まではいってくる。

「んぅ……ん」

苦しさに身悶えると、下のほうからバッソの声が聞こえてきた。

「アルト様、いまお助けします！」

見下ろすと、バッソは剣を振るって蔓を懸命に断っていた。けれども、断った場所からすぐに二股三股に分かれて、新たな蔓が噴き出すのだ。

リフも短剣を手に立ち向かおうとするが、襲いかかってくる蔓から逃げるので精いっぱいのようだ。

ラルゴは——地面に倒れていた。電流が効きすぎていまだに動けないらしい。しかし意識はあるらしく、その翠色の眸は懸命に蔓を睨みつけていた。

しかし食虫植物にもっとも狙われやすいラルゴが、どうして襲われていないのだろう。疑問をいだきながらもアルトは口を犯すものを噛み切ろうと試みる。

——もう少しで……。

ようやく噛み切れそうになったときだった。

ふいに口内のものがブルブルと震えだした。かと思うと、ビュルビュルとなにかを先端から放った。喉深くに粘りけの強いものを撒かれていく。

「う、ううう」

名状しがたい不快さにアルトは身悶えながら、蔓を噛み切って吐き棄てた。

そしてクレセントブーメランを呼び出そうとしたのだが、放たれた粘液がべっとりと口内や舌にこびりついて詠唱を阻む。粘液を吐き出そうとするが、それすらもままならないほど粘度が高い。

「ぁ……」

いまや服の下にはいりこんでいる細い蔓は、胸の小さな粒に吸いつき、下腹部の茎にま

で絡んでいた。両膝に絡んでいる太い蔓に、裂けんばかりに股を開かされる。臀部(でんぶ)の狭間で蔓がぬるつきながら蠢(うごめ)きだす。

「や、ぁ」

後孔をくじられて、アルトは全力でもがく。しかし手足のみならず全身を拘束されて、身じろぎする程度しかできない。

宙で身体を俯(うつぶ)せにするかたちで返された。

地面で仰向けになっているラルゴと目が合う。

インキュバスごときに弱みを見せるわけにはいかない。アルトは平静を装おうとしたものの、後孔に細い蔓にはいりこまれたとき眸が震えてしまった。

ラルゴがふいに声をあげた。

「リフ！」

尻尾を逆立てたリフが蔓のあいだを縫ってラルゴに駆け寄る。

「どうしたの？」

「俺の手を刺せ！」

「えええっ、なんで？」

「いいから、グサッといけ。早くやらねぇと、あとで襲うぞ」

それは嫌だったらしい。リフは短剣を握りなおすと、ストンとラルゴの手の甲に下ろした。

「もっと強くだ！」

半泣きになりながら、リフが飛び上がって反動をつけてから短剣を振り下ろした。

ラルゴの手に刃が埋まりきる。

「ひぃぃ」と自分が刺されたかのような悲鳴をリフがあげる。

ラルゴが呻き声を漏らし――上体を起こした。

あえて深手を負うことで身体の麻痺を解いたのだ。

そして次の瞬間にはもう跳ねるように立ち上がり、蔓を駆けのぼりだした。鎖鎌を駆使して襲いくる蔓を避け、蔓から蔓へと跳躍して、どんどんこちらに近づいてくる。

……不覚にも、まぬけなインキュバスが輝いて見える。

アルトを捕らえている蔓を断ち切ろうとするが、切るほどに分裂していく。ラルゴが無為に奮闘しながら訊いてきた。

「あんたはなんで攻撃しないんだっ？」

詠唱ができないことを、アルトは粘液でなかば固まっている舌を差し出して教える。

「っ、そういうことか」

瞬時に察したラルゴが蔓から跳躍して、長い腕をこちらに伸ばしてきた。

指が口のなかにはいってくる。

粘膜を乱暴に掻きまわされて、アルトの身体はビクビクと跳ねた。ずるりと、口腔に詰まっていた粘液を抜かれる。

「あとは頼む！」

ラルゴが落下していきながら怒鳴る。

言われるまでもなく、すでにアルトは詠唱を終えていた。両手に三日月型の諸刃のブーメランが出現する。それは鳥のように飛び立ち、縦横無尽に蔓を分断した。

アルトの身体を捕らえていた蔓たちもあっという間に萎れてボトボトと落ちていく。

拘束していたものが消えて、アルトの身体もヒュッと落下する。

浮遊の詠唱で落下速度を落としつつ、真下に仰向けに伸びていたラルゴの腹を踏むかたちで着地する。

「礼を言うぞ」

「……礼を言う態度と違うんじゃねぇか？」

「こういうのが好きなのだろう？」

ブーツの踵──身長を少しでも高く見せるためにヒールがある──で腹をグリッと抉ると、ラルゴが頬を紅潮させた。

その顔にほんのりと朝陽の気配がかかっていることに気づく。

「もう夜明けか」

男の腹のうえに佇んだまま、アルトは人間界へと繋がる穴を見やる。

「出立するか」

すると近くに立っているリフが、鼻をヒクヒクさせながら言った。

「その前に、泉で身体と服を洗ったほうがいいよ。……なんか、やらしい匂いがする」

指摘されてアルトは自分の身体を見回して、顔をしかめた。

身体中に白濁がべっとりとこびりついていて、言われてみれば確かに、青臭くてなまなましい匂いを放っていた。


泉に浸かったまま、アルトはぼうっとしていた。

水は冷たいのに身体が内側からジクジクと熟むような、奇妙な感覚があるのだ。

衣類はリフが洗って、いまは木のてっぺんで乾かしてくれている。バッソはまた食虫植物が襲ってこないように周囲に目を配っていた。

そしてラルゴは、すぐそこの岩に座って、じっとこちらを凝視している。

水を透かして裸体を見ようとしているのを隠そうともしない男に、アルトは侮蔑のまなざしを向ける。

「お前に嗜みというものはないのか?」

「いや、身体は大丈夫か？」

　真剣な顔つきでラルゴが続ける。

「考えてたんだが、あの蔓はもしかするとインキュバスを食って、その能力を取りこんだんじゃねぇか？　エロ特化型だったし、俺じゃなくてあんたに飛びついたし」

　確かに、ラルゴに襲いかからないことを妙に思っていたのだ。

「しかし能力を取りこむなど、あり得るのか？」

「前に吸血鬼を食った食虫植物が、捕まえた奴の血を吸ってるのを見かけた」

「……そうか」

　そもそも植物はナーハハルの魔法によって劇的進化を遂げたのだから、被食者の能力を取りこむことも進化の一環と考えれば納得はいく。

　そうだとすれば、時間がたつほどに植物は複雑に凶暴化していくことになる。

　なんといってもここは特異な能力をもつ魔物の巣窟なのだから。

「やはり一刻も早く勇者を斃さねばならぬな」

　険しい表情で呟くと、アルトはラルゴに服を回収してくるようにと命じた。

4

「だからまだ生乾きだって言ったのに……」

馬上で紅い顔をしているアルトを見上げてリフが心配そうに言う。リフは人間界にはいる前にアルトの魔法によって尻尾と耳を不可視化されたため、十歳ぐらいの人間の子供にしか見えない。

黒馬に跨がるいかにも貴族らしい少年と、庶民の子供と、鎧の騎士と、踊り子の男という四人組は、妙な取り合わせであるらしい。街道で一行と行き合った人間たちは、奇異のまなざしを向けてきた。

「あれは風邪とかじゃねぇな」

ラルゴの言葉にリフが反論する。

「でも目も潤んでて、なんかつらそうな顔してるよ?」

「ガキにはわからねぇか……ッ」

言ったとたんラルゴが自分の尻を押さえる。

不可視化されただけで尻尾がなくなったわけではないのだ。その尻尾で叩かれたのだろう。

バッソがついさっき行商人から買ったばかりの地図の巻物を広げながら言う。

「ここからもう少し行ったところに村があって、宿屋のマークもあります。情報収集しながら一泊しましょう」

焦げ茶色の眸をリフに向けて、バッソが確認する。

「勇者の匂いはこちらで間違いありませんか？」

リフが鼻を蠢かして「うん」と元気に答える。

ここまでの道で岐路にぶつかっても迷うことなく進んでこられたのは、リフが嗅ぎ分けてくれたお陰だった。

「なぁ、アルト。それでいいな？」

ラルゴに訊かれて、アルトは曖昧に頷く。馬に揺られるごとにつらさが増していて、もうまともにものを考えられないありさまだった。

馬小屋にソナチネを入れて、宿の手続きはバッソに任せる。

「お前たちは酒場に行ってメシでも食いながら情報収集してろ。俺はアルトの介抱をしてから行く」

部屋への階段をのぼるとき、ふらつくアルトをラルゴはなかばかかえ上げるようにした。

――匂いが……。

ラルゴから漂う甘ったるい香りが身体の芯にジクジクと染みる。

ふたつベッドが並ぶ部屋に連れこまれて、アルトは眉をひそめた。

「この狭い物置に寝るのか？」

「そりゃ大悪魔様のお邸とは違うだろ。ほら、横になれ」

ラルゴはアルトのマントとブーツを脱がせると、いたわる手つきでベッドに寝かせた。

そしていったん部屋を出て行き、薄荷の香りのする水を盥に入れて運んできた。それに布を浸して、額や首筋を拭ってくれる。

心地よさに思わず溜め息をつくと、ラルゴが明るい笑みを浮かべた。

そしてみずからも布靴を脱ぐと、盥の残った薄荷水で足を洗い、ベッドに載ってきた。そのままアルトの腰のあたりを跨いで両膝をつく。

「……なにをしている？」

怪訝な顔で尋ねると、ラルゴの手が脚衣の下腹部に伸びてきた。

性器に触られそうになって、アルトは大きく身を捻じり、ラルゴを睨みつけた。

「な、なにをするつもりだっ」

「ただの介抱だから、気にするなって。あんたはただ気持ちよくなってればいい。……いやまぁ、あんたも俺に触りたいっていうなら、それももちろん大歓迎だけどな」

照れたように言う男に、掠れ声で怒鳴る。

「いらぬから出て行け！」

「でも発情してんだろ？」

「しておらぬ」

食い気味に即答したが、本当は下腹部全体に疼痛が拡がっていた。馬に揺られているだけで達するのではないかと思うほどだったのだ。

　こうしていても、熱くなっている項に汗が伝い、内腿をすり合わせずにはいられない。

　ラルゴが溜め息をつく。

「やっぱりあの蔓は俺の仲間を食らって、能力を取りこんでたんだな。俺たちの体液には発情させて快楽を増幅させる効果がある」

　そして親指でみずからの胸をさして、キリッとした顔で続けた。

「仲間の蒔いた種だ。俺が全責任をもつ」

「私に殺されたくなければ、いますぐ去れ」

　アルトは下腹部に触られないように俯せになると、鼻をシーツに押しつけた。ラルゴの匂いを嗅いでいると酒に酔ったように意識が朦朧とするのだ。そうしてシーツをきつく握り締めてラルゴが部屋から出て行くのを待ったのだが、いつまでたっても出て行く気配がない。

　それどころか、項をべろりと舐められた。

「ひゃっ」

　思わず変な声が出てしまって、掌で口を覆う。

　また、今度はべろぉりと長く舐められる。それだけで頭の芯がブレるほどの甘い痺れが項から拡がった。

「ああ、うまい」

　汗も体液だから、ラルゴにとってはご馳走なのだろう。息を乱しながら、ぴちゃぴちゃと項を舐めてはしゃぶりだす。

「やめろっ——気持ち悪い」

「嘘つけ。腰が動いてるぞ」

「そんなはずは……」

　自分が強張った陰茎をシーツに擦りつけていることを知り、アルトは愕然とする。

　男の下から抜け出ようとすると、背後から体重をかけられて押し潰された。下腹部がよけいに圧迫されて、つらくなる。

　ラルゴに電流を流してどかそうと試みるが、両手首を摑まれてシーツに押しつけられた。

「あんたの指は危険なんだったな」

　——細切れに、する。

　呪文を唱えてクレセントブーメランを呼び出す。しかしそれを飛ばしてコントロールするだけの余裕はもうなかった。手を離れたブーメランが宙をふらふらと彷徨う。

安物のベッドがギシギシと音をたてる。

背中から圧しかかったままラルゴがねっとりと腰を振っているのだ。

「ぁ……あ……、動、くな」

強制的に陰茎をシーツに擦りつけさせられて、アルトは弱々しくもがいては身を震わせる。嗅ぎたくないのに、甘くて官能的なラルゴの香りが鼻孔に流れこんできて、激しく噎せる。項を甘噛みされれば、そこから身体中に痺れが飛び散る。

目の奥がチカチカしていた。

その明滅が激しくなっていき、ついには眩しさだけになる。

「……っ、……ん…、あぁあっ…ぁ」

隠しようもなく身体が跳ねた。

——こんな、インキュバスごときに、この私が……。

茫然自失に陥りながらも、脚衣のなかに精液を漏らしていく。腰がわななくのが止まらない。目の奥も眩しいままだ。

カタカタと身を震わせながらアルトは呻く。

「身体が、おかし……」

明らかに異変が起こっていた。

「とまらない——ぁ……」

射精がいつまでたっても終わらないのだ。茎のなかの管をとろとろと粘液が通りつづけている。

するとラルゴの手で身体を仰向けに返された。脚衣の前ボタンを開けられそうになって、アルトは両手で下腹部を押さえた。そして驚きに目をしばたたく。

「え?」

果てれば自然に萎えるはずのものが、石のように硬くなったままなのだ。

「ほら、手をどけろって。俺が見てやるから」

「不敬であるぞ。私は四大悪魔……あ、触ったら」

脚衣の前合わせの隙間から指を入れられて、じかに陰茎に触られると、それだけで身体が大きく跳ねる。まるでラルゴの指から電流を流しこまれているかのようだ。

「や……」

力がはいらなくなった手をどかされた。

前合わせが開かれると、腫れきった茎が弾み出た。すでにべっとりと白い粘液まみれになっているうえに、真っ赤な果実のような先端から白濁を漏らしつづけている。

「すげぇな」

ラルゴが半開きの唇からよだれを零す。

その目には涙が溜まり、異様なほど強く煌めいていた。頰やこめかみは紅く染まり、完全に欲情している男の顔だ。

ラルゴが「いただきます」と呟いて、アルトの陰茎にむしゃぶりつく。

「嫌、だぁ」

ラルゴの前髪を摑んで引き剝がそうとするが、しゃぶられているところ以外の肉体の感覚がほとんどないような状態で、銀色の髪に指を絡めるのが精いっぱいだった。電流で撃退しようとするものの、パチパチと静電気がラルゴの髪に絡みつく程度だ。

「んぐ、ふ……んん」

咥えたまま舌を巧みに遣ってアルトの精液を舐め取りながら、ラルゴが甘く喉を鳴らしつづける。食欲と性欲を同時に満たしているかのような、聞いているだけで鼓膜がゾワゾワする呻きだ。

舐め取られるうちにアルトの茎はふたたび限界を迎える。

こらえようもなく腰を強張らせて震わせると、新たに大量に放たれた種をラルゴは嚥下した。

一滴も零すまいとして貪欲に蠢く粘膜に、アルトは果てながら、さらに果てるかのような強烈すぎる刺激を覚える。

ようやくラルゴが下腹部から顔を上げたが、露わになった茎はまったく萎えていなかった。

「あんた、見かけによらず、やらしいんだな」

侮辱されてアルトは掠れ声で言い返す。

「これはインキュバスの体液のせいであろう」

「いやでも、あくまで本人の本来の欲望を引き出して増幅させるものだからな。やらしくない奴はこんなふうにならない」

「――適当なことを」

「いやいや、やらしくて俺との相性は最高ってことだからいいじゃねぇか」

なにひとつよくない。

ギリギリと唇を噛み締めるのに、下腹部の茎はまだ足りないと身をくねらせている。

その茎を大きな手指でくるみながらラルゴがいい笑顔で解説した。

「インキュバスの体液の効果が切れるまでは種がどんどん生成されるけど、俺がぜんぶ吸い出してやるから安心しろ。こっち方面ではプロ中のプロだからな」

窓から朝陽が射しこむなか、すっきりとした気分で目が覚めた。

ベッドに横になっている時点で、身体が軽くなっているのがわかる。全身のコリがほぐれたような爽快感だった。

アルトはむくりと上体を起こし、自分が全裸であることに気づく。

衣類はハンガーにかけられて壁に吊るされていた。ラルゴに衣類をすべて脱がされた記憶が薄っすらとあった。

リボンもほどかれて、ゆるくうねる金の髪がもつれながら胸元にかかっている。髪に何度も口づけられたのが思い出された。

……昨夜は結局、何度果てたのだろうか。緩急の波はあったものの、ずっとラルゴの甘い香りに包まれて果てつづけていたような気がする。

思い出すと、ふつふつと憤りがこみ上げてきた。

四大悪魔である自分が、インキュバスごときにいいようにされて、快楽で支配されたのだ。

屈辱感に身を震わせていると、部屋のドアが開いてラルゴが朝食の載った木のトレイを手にしてはいってきた。

その顔はツヤツヤとしていて見るからに絶好調といった感じだ。

トレイをアルトの膝のうえに置きながらラルゴが訊いてくる。

「調子はどうだ?」

「別に」

「別にじゃねぇだろ。透明感が増して、天使度が跳ね上がってるぜ」

悪魔に向かって天使というのは貶し文句でしかない。

「溜まってたものを出しきったからだろうな。デトックス効果ってやつだ。でもそれも俺たちの相性がよくて、俺がうまいからだぜ。そうじゃないと、色情狂になって戻らなくなったりもするからな」

「ベラベラとしゃべるな。それと私に食事は必要ない」

「いやいや、あれだけ出したんだから物理的に補充しとけって。そうでないと大きくなれねぇぞ？」

頭頂部をポンポンと叩いてくる手を、アルトははたき落とす。

「私はいまのままで完璧だ」

「まぁそれは認めるけどな」

ベッドの縁に腰掛けたラルゴが、急に真面目な顔になって見詰めてきた。

「なにかまだ言いたいことがあるのか？」

「初めて会ったときから運命を感じてたんだ」

「初めてとは、お前が食虫植物に食われていたときのことか？」

「ああ、そうだ。あの時、このまま消えるかもって諦めかけてたけど、あんたを見た瞬間にやっぱりもう少し存在してたいと思った。だから」

ひとつ深呼吸をしてから、ラルゴが宣言した。

「俺はあんた専属のインキュバスになる。もうほかの奴とはヤらねぇ」

「迷惑だ。断る」

「え？」

ラルゴが目を剝いて驚く。

「だって、めちゃくちゃ気持ちよかっただろ？」

「……別に、普通だった」

「えええ」

打ちのめされた顔でラルゴが頭をかかえる。

「やっぱり四大悪魔ともなると、よりどりみどりでヤりまくってんのか」

「……まぁそんなところだ」

咳払いしてからアルトは続けた。

「とにかく私はもうお前に体液はやらぬからな。補充したければ、適当に人間を襲え」

悄然としている男を尻目に、アルトはスープを木のスプーンで掬った。そしてひと口飲み、目をしばたたいた。これまで感じたことのない美味しさを感じたのだ。もうひと口飲んでみる。やはり美味しい。

「これは？」

尋ねると、ラルゴが元気のない声で答えた。

「ツレの具合が悪いって言ったら、この宿のおかみさんが作ってくれた。ヤギのミルクを使ってるから栄養の吸収がいいんだと」

人間の料理をうまいと感じるのは屈辱的だったが、アルトはスープをすべて飲み干して、トウモロコシのパンも平らげた。

身体が内側からぬくもる。

「悪くはなかった」

トレイをラルゴに突き出しながら言うと、「じゃああとで、おかみさんに礼を言わねぇとな」と返された。

「悪魔が人間に礼を言うなどあり得ん」

ぴしゃりと拒否すると、ラルゴが肩を竦めた。なにかこれではまるで自分がわきまえのない子供のようではないかと、アルトは苛立つ。

ラルゴに魔界の住人としての心得を説いてやらねばと考えているところに、ドアがノックされてバッソとリフがはいってきた。

「アルト様、もう具合はよくなったの？」

リフに問われて、ラルゴが「朝食をペロリといった」とよけいなことを口にする。

バッソがリフと並んでもう片方のベッドの縁に座りながら言う。

「この土地の料理も酒もなかなかのものですからね」

「バッソはお酒飲むと人が変わるんだよ。昨日も酒場で、すっかり陽気になって村の人たちと歌ってた」

「かたじけない。つい楽しくなってしまいました」

本質はバーサーカーなのだから、この穏やかな人格は仮面に過ぎないのかもしれない。

「それで、勇者たちの情報はなにか得られたのか？」

「魔王を討伐した勇者が出たらしいという噂はあるものの、勇者パーティが立ち寄ったという話は出ませんでした」

バッソの報告に、リフが付け加える。

「でも変なことがあったって言ってたよ。なんか、村の名物のお酒やチーズが大量になくなったんだって。しかも、一瞬のうちに」

「一瞬のうちに？」

眉をひそめてアルトは呟く。

「そういえば、魔王城の宝物庫からも秘宝が消えていたな」

「あー、魔王様がそんなこと言ってたな。お気に入りの銃にもなる杖がなくなってたとか」

「魔銃の杖だろう。あれは魔力を大幅に増幅させるうえに、各属性の銃弾をこめることができる強力な武器だ」

リフが小首を傾げる。

「この村に勇者の匂いは確かに残ってるけど、誰も勇者パーティを見てなくって、この村のお酒とか盗んだのも勇者ってこと？　勇者なのに？」

「手口が同じだから、そうであろうな」

そう答えながら、アルトも首をひねる。

魔王討伐の勇者一行ならば普通は歓迎されてもてなしを受けるから、姑息な手段を取る必要はないはずだが。

「とりあえず、勇者パーティは一瞬でものを盗るのが特技っぽいな」

「それって、勇者パーティじゃなくって盗賊なんじゃないの……」

「正統派の勇者じゃねぇのは確かだな。そういや、魔王様は呪いをかけられたときの記憶がないんだっけか」

ラルゴの言葉に、アルトは頷く。

「誰の記憶にも残らずに、呪いをかけたり盗賊まがいのことをする。そういう力を有しているということだ」

黙って考えこんでいたバッソが口を開いた。

「それほどの特異な力をもつ敵と、どのように戦えばよいのでしょうか？　正面からぶつかっても気づかないうちにこちらが殲滅させられることになるのでは」

「そういうことになるであろうな」

眉間に皺を寄せるアルトの肩をラルゴが撫でまわす。

「裏をかけばどうにかなるだろ」

「どうやって裏をかくのだ？」

ラルゴの手をはたきながら尋ねるが、案の定「それはまぁ、みんなで考えていこうぜ」

といういい加減な答えが返ってきた。

しかしバッソはそれを生真面目に受け取る。

「おそらく魔王様も、四人で考えを出し合えるようにとパーティを作られたのでしょう」

いまのナーハハルに深い考えがあるとはとうてい思えなかったが、いずれにせよ地道に
勇者たちの通った道を辿って情報収集をしながら戦略を立てるほかなさそうだった。

——しかし、この顔ぶれでか……。

アルトがうんざりした顔で溜め息をつくと、リフがもじもじしながら言ってきた。

「これからはずっと、この部屋分けでいくの？」

「この先は、私はひとりで部屋を使う」

「え、でもラルゴはアルト様の愛人なんでしょ？」

「思い違いもはなはだしい」

睨みつけると、リフが身を竦めながら鼻を蠢かした。

「でもすごく、ふたりのやらしい匂いがしてるよ」

「――気のせいだ」

リフは怯えつつもしかし、勇気を振り絞って指摘する。

「アルト様、おっぱいが真っ赤になってる」

「…………」

自分の裸の胸を見下ろしたアルトは、白い肌のなか両の乳首とその周辺が紅くまだらになっていることに気づく。粒は少し腫れてすらいた。

靄のかかった記憶のなかから、自分の胸に吸いつくラルゴの姿がまざまざと浮かび上がってくる。

「っく」

毛布を引き上げて胸を隠しながら、アルトは「ここは虫が多い」と無理のある言い訳を口にした。

5

「ああ、あんただね。具合が悪かった子ってのは。もう大丈夫なのかい？」

バッソが宿代を精算していると、恰幅（かっぷく）のいい宿屋のおかみが近づいてきて、アルトをまじまじと眺めた。

「おやおや、お人形みたいに可愛い子だねぇ。睫がくるんとしてて、肌なんて陶器みたいじゃないかい」

ラルゴが自分が褒められたかのように鼻高々になりながら言う。

「本当に魔界——世界一の可愛さなんだ。あ、おかみさんのスープをうまそうに平らげてたぜ。ありがとうな」

よけいなことを言うラルゴに電流を流してやろうと手を伸ばしかけたアルトに、おかみが大きな包みを差し出してきた。

「これはヤギのミルクで作ったチーズだよ。一番近くの町までは何日もかかるからね。みんなの腹の足しにしておくれ」

「そのようなものは私は……」

「遠慮なんてしなくていいんだよ」

ぐいぐいと包みを押しつけられて戸惑いに視線を彷徨わせるアルトに、ラルゴとリフが貰っておけとゼスチャーで伝えてくる。

仕方なく、無言のまま難しい顔で包みを受け取る。

「ちゃんと栄養を摂って、身体を大事にするんだよ」

黙りこむアルトの背中をポンポンと叩きながらラルゴが言う。

「こいつ、照れ屋で。チーズ、すげぇありがたいぜ」

人間にヘコヘコする淫魔に、アルトは冷めた視線を投げると、踵を返して宿を出た。その足で馬小屋に向かい、ソナチネを出してやる。

新鮮な飼い葉を山ほど貰ったらしく、ソナチネはすこぶる機嫌がよかった。

鞍の荷物入れにチーズをしまって、アルトはひらりと馬に跨がる。

道に出ると、昨日バッソと酒場で飲み交わした村人たちがわらわらと集まってきて、何十人もに見送られて村をあとにした。

「なんか勇者気分だよね……あっ、いいこと思いついた！」

アルトの馬を追って走りながら、リフがくだらないことを言いだした。

「僕たち、修業中の勇者パーティってことにしない？」

ラルゴが目を輝かせる。

「それ、いいな。同業ってことで勇者情報も集めやすくなる」

バッソも賛同する。

「この四人の組み合わせで違和感がないのは、勇者パーティぐらいのものですしね」

三人の意見が一致しているところに水を差すのも面倒くさくて、アルトは無言で馬の腹に踵を強く当てた。


三人を置き去りにする勢いで街道を疾走していたソナチネがふいに脚を止めて、アルトは危うく落馬しそうになった。

「どうしたのだ？」

耳をピクピクさせてあたりを見回す愛馬に尋ねると、ソナチネはひとつ嘶いて街道を外れ、左手に広がる森へとはいっていった。

追いついてきたラルゴが「どうしたんだ？」と訊いてくる。

「ソナチネがなにかを見つけたようだ。敵かもしれぬ」

ひそめた声でアルトは返す。

ソナチネは優秀な馬であり、敵を察知する能力に長けている。この千年あまり、彼には幾度も助けられてきたのだ。

続いて追いついてきたリフとバッソにラルゴが「敵かもしれないそうだ」と伝え、一行は気配を消しながら進んでいく。

馬の嘶きが聞こえた。

するとソナチネが急に駆けだした。

ふいに視界が開け、沼地が目の前に丸く広がる。

その湿地の端に、一頭の馬がいた。輝くような純白の馬で——その額には長くて優美な角が一本ついていた。

「一角獣(ユニコーン)だ！」

リフが興奮して飛び上がる。

汚濁に満ちた魔界では生息することのできない生き物だ。アルトですら目にするのは初めてで、その美しさに思わず見入ってしまう。

「あいつ、身動きが取れないんじゃねぇのか？」

ラルゴが目を凝らしながら言う。

どうやら湿地に脚を取られ、身動きするほど沈んでいくらしい。すでに馬の脚はだいぶ沼地に飲みこまれていた。よくよく見れば尻尾が枯れた低木の枝に絡まっているようだ。

「ちょっと助けてくる」

沼地を回りこむかたちで一角獣のほうへと歩きだすラルゴを、リフが飛びかかって止めた。

「ダメだよ。ユニコーンは穢れを知らない乙女以外は触ったらいけないんだよ」

「インキュバスに近づかれただけで消えてしまうのでは」

バッソの言葉にラルゴが蒼褪める。

「危ねぇ…。でも、じゃあどうやって助けるんだ？」

「残念ながら私はすでに性交をしたことがあります」とバッソが言えば、「僕ももうけっこう何人もと……うちの一族はおませなんです」とちょっと自慢げにリフが言う。

「聖獣など滅べばよい。行くぞ」

そう言いながらアルトは馬を方向転換させようとしたのだが、しかしソナチネは頑として動かない。

「あ、さては好みのタイプか？」

ラルゴが訊くと、ソナチネが照れたように鼻を鳴らした。

「くだらぬ」とアルトが呟いたとたん、ソナチネが前脚を高く上げた。油断していたアルトは馬から転げ落ち――ラルゴに抱き留められた。

「お前のあのブーメランで絡まってる尻尾の毛を切ってやればいいんじゃねぇか？」

「……」

クレセントブーメランを馬助けに使うなど不本意ではあるが、ソナチネは座ってしまっていた。助けるまでは梃子でも動かないつもりらしい。

アルトは舌打ちしながらラルゴの腕から降りると、仏頂面のままブーメランを出現させた。沼地のうえを美しい弧を描いてブーメランが飛んでいく。そして見事に一角獣の尻尾の毛を断った。

そこからは底なし沼の脱出法を知るバッソが中心となって、ソナチネに通訳をしてもらいながら一角獣をなんとか沼地から抜けさせようと試みる。

彼らから少し離れた岩に腰掛けて、アルトは冷めた目でその様子を見るともなく眺める。

他者の苦悩を糧とするのが、魔界に属する者の正しいあり方なのだ。

――こんな顔ぶれで、勇者たちに勝てるのか？

頭痛を覚えているうちに一角獣が沼から脱出して、一同が歓声をあげる。

「ようやく進めるか。無駄な時間を費やした」

苦い顔で立ち上がったアルトは、低木を踏み荒らしながら猛然とこちらに走ってくる影に目を見開いた。

泥だらけの一角獣が目の前に迫っている。

避けようとしたが、一角獣は鼻先をアルトの肩口に押しつけてきた。

「……っ」

とっさにアルトは目を閉じた。

一角獣は消えてしまうに違いない。せっかく助けたラルゴたちは、どんな気持ちになるのだろう。

息も止めて、さらに瞑目(めいもく)しつづけたのだが。

いつまでたっても、肩口に擦りつけられる鼻の感触がなくならない。

恐る恐る薄目を開けてみると、一角獣の青い眸と目が合った。

遠巻きにしたまま三人が口々に言う。

「えーっ、アルト様って、そうだったんだ？」

「これは非常に意外でしたね」

「アルトは穢れなき乙女だったのか！」

ラルゴは狂喜乱舞せんばかりだ。

屈辱感と羞恥に、アルトの顔は蒼くなっては紅くなる。最後は耳まで焼けるように熱くなってきて、マントのフードを深く被りながら一角獣を叱責した。

「その泥だらけの汚い身体で私に寄るな。不敬者め」

シッシッと追い払おうとするアルトの掌に鼻先を押しつけてから、一角獣は礼を言うようにソナチネたちに嘶き、優美に走り去っていった。

嬉(うれ)しくて仕方ない様子のソナチネに乗ると、ラルゴが駆け寄ってきた。そして眩しいほどに顔を輝かせながら言う。

「俺はアルトの初めての男になれるんだな」

「……なれるわけがなかろう」

二千余年を生きながら、いまだ最後まで性交をしたことがない事実を一行に知られて、アルトは逃げるように馬を走らせたのだった。


深夜の街道の分かれ道で、アルトは馬から降りた。

ソナチネをかなりの速さで走らせたため、さすがに三人とも追いついてこられず、沼地からここまで一日半ものあいだ彼らの姿を見ていなかった。

「せいせいする」

もういっそ三人とも爆死してしまえと思いつつも、ときどきソナチネの脚を緩めさせて気配は確かめていたから、そのうち追いついてくるだろう。

切り株に腰を下ろして、アルトは唇を噛み締める。

性的なことに潔癖になったのは、この成長速度が遅い肉体のせいだった。それがコンプレックスとなり、相手にすべてを曝け出すような行為に強い抵抗を覚えるようになったのだ。

魔法をもちいて優位に立ったところで、肉体は——特に下腹部のものはあくまで少年のそれで、しかも過敏であるため、とうてい相手を満足させられないのは実践する前から知れていた。

――インキュバスごときにすら、好きなようにされたのだ。

昨夜のことを思い出すだけで、下腹部が熱っぽくなる。

アルトはかぶりを振り、自生の草を食べているソナチネへと目を向けた。うまそうに草を食むその姿を眺めていたら、腹が鳴った。

そういえば、宿屋のおかみから貰ったチーズを、鞍につけた袋に入れておいたのだ。

しかし物理的に胃を膨らませるなど上級悪魔のすることではない。そのプライドから、チーズのことは忘れようとしたのだが、宿の朝食のスープがやたらと美味しかったことが思い出された。あのおかみが渡してくれたのだからチーズもきっと質のいいものに違いない。

腹がキューッと鳴って、アルトは両手で胃のあたりをきつく押さえる。

するとその音に重ねて、甲高い悲鳴が聞こえてきた。夜闇に利く目で街道を見やる。

商人一家と使用人たちが盗賊団に襲われていた。若い娘の悲鳴に、アルトは舌なめずりをする。

しかしいつもなら腹を満たしてくれる阿鼻叫喚が、なぜか今日はあまり美味に感じられない。掌がムズムズして気持ち悪い。あの一角獣に鼻を擦りつけられた部分だ。もしかすると聖獣に汚染でもされたのだろうか。

犠牲者の悲鳴に、ふいに激しい剣戟の音が加わった。

なにごとかとふたたび闇を透かし見て、アルトは唖然とする。

ラルゴとリフとバッソが、盗賊団を撃退しているのだ。二十人ほどの盗賊が呆気なく蹴散らされ、退却していく。

そしてリフとバッソはご丁寧に、傾いた荷馬車を支えながら街道をこちらに進んできた。

しかもラルゴにいたっては、十七、八の娘を腕に抱きかかえている。手籠めにされかけた娘の服は無残に破れていた。

アルトは切り株から腰を上げると、街道の真ん中で腕組みをして彼らを迎えた。

険しい声で問いただす。

「なんのつもりだ？　まさか、勇者気取りか？」

ラルゴが悪びれることなく返す。

「可愛い子が悲鳴をあげてたから助けた」

すると豊かな黒髪をもつ娘が、ラルゴの腕のなか囀るような声で言った。

「この方は、あたしの勇者様です」

そう言われて、ラルゴもまんざらでもない様子だ。

アルトは苛立ちながら指摘する。

「鼻の下を伸ばして、いつまでその女をかかえているつもりだ？」

「足を挫いてんだよ。荷馬車はあのとおりガタガタだしな」

娘の両親が、車輪がひとつ大破している荷馬車をリフとバッソとともに押しながら言ってきた。

「皆様は命の恩人です。どうかうちの町に寄って行ってください」

「大したおもてなしもできませんけど、お礼をさせてくださいな」

アルトはとっさに拒否しようと口を開きかけたが、バッソが「この地域の主要な町のようですから、情報も多く得られるでしょう」などとよけいなことを言う。

しかも分かれ道でリフが勇者たちの匂いを嗅ぎ取ったところ、それが町の方向であったため、もう否応なしに町に立ち寄ることになってしまったのだった。

6

ラルゴたちは不眠不休でアルトを追って走っていたため、町にはいって商人の家に着くと——意外にもなかなか立派な館だった——疲労困憊で眠りについた。

ここでもアルトはラルゴと同じ部屋で過ごすこととなったのだが、昏々と眠るラルゴを見ていたら、なにか不安のようなものが胸をよぎった。その正体がわからずに悶々としたままアルトもまたベッドに横になったのだが、翌日の昼過ぎに目を覚まして改めて隣のベッドで眠るラルゴを見て、愕然とした。

全裸で眠る男の厚みのある肩を摑んで揺り起こす。

「起きよ、インキュバス」

「ん……んんん」

瞼を上げるのも億劫そうな様子で、ラルゴが眉間に皺を寄せる。

「まだ眠い」

「眠っている場合ではなかろうっ」

「なにかあったのか？」

「薄くなっている」

ぼんやりしながらこちらを見上げるラルゴが、ようやく理解したように瞬きをした。

「あー、走りっぱなしだったから消耗しまくったんだ。それに魔界より、なんか疲れが溜まりやすいんだよな」

そう言いながら自身の腕を顔の前に翳して蒼褪める。

「うわ、かなり透けてるじゃねぇか」

なかば透けているせいで、こうして肩を摑んでいても摑めている気がしない。

「このまま透けていったらどうなるのだ？」

尋ねると、ラルゴがちょっと不服そうな顔をする。

「四大悪魔なのにそんなことも知らねぇのか」

「下々の者の仕組みなど知る必要もない」

ラルゴが溜め息をついて答える。

「どんどん薄くなって、最後は消滅する」

「……消滅するのか」

「俺たちインキュバスは儚くて淫らな夢みたいなもんなんだよ」

「格好をつける余裕はあるわけか」

透けかけた手に頰を撫でられる。

「なぁ、いいだろ？」

下から唇を重ねてこようとする男から、アルトはするりと逃げる。

「体液なら昨日助けたあの娘に貰えばよかろう」

「……あんたはそれでいいのか？」

「当然だ」

「ふうん」

探るようなまなざしでアルトを見詰めながらラルゴが言う。

「でも俺はもう、あんたの体液以外は摂取しないと決めてるからな」

「それなら消えるしかあるまい」

アルトはふいと視線を外すと、マントを羽織りながら部屋をあとにした。

たかがインキュバス一匹消えようが、どうということはない。ナーハハルの顔を立てて同行を許しただけで、本人が自滅するぶんには責められることもないだろう。

情報収集もかねて、アルトは町に出た。

――確か酒場がよいのだったな。

まだ陽が高いが、酒場にはかなりの人が集まっていた。安物の葉巻の煙にアルトは軽く咳きこむ。すると、胸の谷間を露わにした女給が声をかけてきた。

「坊や、食事なら三軒隣の店がおすすめだよ」

人間年齢では十六歳そこそこにしか見えないため、子供扱いをしているのだ。

カウンター席に爪先立ちして座りながら、アルトは彼女に命じた。

「一番強い酒を用意しろ」

女は「あらあら」と言いながらカウンターのなかにはいり、グラスに液体をそそいでアルトの前に置いた。

「白ぶどうのジュースだよ。お代はいいからそれを飲んだら出ておいき。この店は酒癖の悪い奴らが多いからね」

アルトが抗議をするより早く、グラスが毛むくじゃらの手に握られた。横に立ったいかにも荒くれ者風の男がジュースを飲み干し、その空になったグラスに手にしているボトルの中身をそそいだ。

「ちょっと、ダグラス。それは五十度の火酒じゃないかい」

険しい声で非難する女給のほうに軽く掌を見せて制すると、アルトはグラスに口をつけた。そのまま一気に飲み干せば、居合わせた客たちがドッと沸く。

「ぶっ倒れんなよ」

「倒れたら介抱してやるぜ」

下卑た嗤(わら)いが拡がるなか、アルトは客たちにもちかけた。

「この男と火酒を飲み競って私が勝ったら、どのような質問にも答えてもらう。どうだ？」

そうすれば、情報収集を効率よくすませることができる。

しかし、天使のごとき外見の少年がいかつい男を飲み負かすことなどできるわけがないと思ったのだろう。一同は口々に「ガキが無理すんな」「やめとけやめとけ」「そいつはこの町一番の酒豪だぞ」と言ってくる。

そんななか、ダグラスという男は無精髭を親指で擦りながらニヤついた。

「で、お前が負けたらどうするんだ？」

「私が負けることはないから、好きな条件を出せばよい」

高飛車に告げると、ダグラスが提案してきた。

「酔い潰れたお前を朝まで好きにしていいってのはどうだ？」

「あんた、そんなことしたら出入り禁止だよっ！」

アルトは女給に薄く微笑みかける。

「私の心配は必要ない」

そしてみずからふたつのグラスを火酒で満たし、ダグラスと客たちに向けて宣言した。

「では、これより勝負を開始する」

「終わった、の？」

途中から酒場に来て、勝負の成り行きを見守っていたリフが、バッソとともに近づいてきて、アルトに尋ねた。

「そのようだな」

カウンターに突っ伏していたダグラスの大きな身体が椅子から転げ落ちる。そうして床に仰向けに身体を広げていびきをかきはじめた。

「うるさいから、これを片付けよ」

ついさっきまで拳を振ってダグラスを応援していたふたりの男に命じながら、アルトはさらに自分のグラスに火酒を注ぎ足して口に運んだ。

カウンターのうえには、この五時間で空けたボトルが二十本ほど並んでいた。

「顔色もまったく変わらないのですね」

感心するバッソに冷笑を送る。

「人間の酒など、ジュースと変わらぬ」

グラスの中身を呷ると、アルトは怯えた顔つきをしている客たちを見回した。

「条件に従って情報を差し出してもらう。私が欲しているのは、勇者パーティの情報だ。最近、この町に立ち寄った勇者はおらぬか？」

リフが「そういうのはもっと普通に訊き出すものなんじゃや……」と呟く。

客たちは顔を見合わせて首をひねった。

「魔王倒したパーティがいるって噂は流れてきたけど、ガセなんじゃねぇか。魔界目指すならかならずこの町に立ち寄って装備を整えるが、最近はとんと見かけねぇ」

三十路の男が、「俺の知ってる限りじゃ、前にパーティが来たのは一年前だったな。まぁ、自分探し系パーティで、荊の垣根観光だけして戻ってきたが」と言う。

思案顔をしていたバッソが、穏やかな声で質問する。

「では最近、この町で貴重品や飲食物が消えたことはありませんでしたか？」

その質問には、すぐに反応があった。身なりのいい若い男が片手を上げながら言う。

「うちの宝石店から、高価な魔石がいくつもなくなりました。しかも、昼間の少し目を離したすきにです」

「それなら彫金工房からも金塊がなくなった」

職人らしき風情の男が言うと、女給もカウンターにたわわな胸を乗せて被害を訴えた。

「ここの特級火酒も、何本か消えたのよ。それも真っ昼間によ」

悩ましい顔つきで付け足す。

「空になった瓶が店の床に転がってて、幽霊でも出たんじゃないかってね」

よくよく話を聞いてみると、彼らが被害に遭ったのはふた月ほど前の、同日同刻だった。

そしてそれは奇妙なことに、魔王に異変が起こった日時とも一致していた。

酒場をあとにして商人の館へと向かいながら、リフが興奮を抑えた小声で言う。

「前の村で聞いた盗人と同じやり口だし、あの店に勇者たちの匂いが残ってたよ。勇者パーティがここでも盗んだってこと？」

バッソが頷く。

「時期的にも、そう見るのが妥当でしょう」

これまでのことを考え合わせて、アルトは推察を固めた。

「敵は、時間魔法の強力な使い手なのだろう。時間を止めることによって、行く先々で蛮行を重ね、魔界に侵入して誰にも感知されずにナーハハル様に害をなした」

「……勇者って正々堂々と戦うものじゃないの？」

憤慨したリフが見えない尻尾を振りまわし、アルトやバッソをパタパタとはたく。

「卑劣な敵であるのは確かですな」

バッソがさりげなく尻尾から逃げる。

「そのうるさい尻尾を切り落とされたいか？」

アルトに脅され、リフが慌てて見えない尻尾を胸の前で両腕で抱く。そしてつぶらな眸でじっとアルトを見詰めた。

「どうかしたの？　なんか凄くイライラしてて……不安な匂いがする」

「なにもない。その鼻が不調なのだろう」

怪訝な顔で返すものの、アルトは自分の足がやたらに重くなっているのを感じていた。

その重さは商人の館に近づくにつれて増していき、館の内階段をのぼるころには全身が鉛のように重たくなっていた。

——まさか火酒ごときで異変が起こっているのか？

首をひねりながら部屋の扉の前に立つ。

そしてドアノブに手をかけたのだが……なにが起こっているのか、手指が痺れたようになって、まったく力がはいらない。

まさか火酒に妙な薬でも混ぜられていたのだろうか。

リフが異変に気づいて、「鍵でもかかってるの？」と訊きながら、アルトの代わりにドアノブを回した。それはなめらかに回り、ドアが向こう側に開いていく。

「あ、普通に開いたよ。そういえば、ラルゴって寝たまんまなの？」

ラルゴの名を耳にしたとたん、頭からザァッと血の気が引くのをアルトは覚えた。

唇がわななく。それを隠そうと歯で唇を噛み締めながら、アルトは部屋に飛びこむと激しくドアを閉めた。そのドアに背を押しつけ、きつく目を閉じる。

ようやく理解が及んでいた。

しなくてもいい賭けで酒を浴びるように飲んだのも、この部屋に近づくにつれて身体が重くなっていったのも、消えかけているラルゴのことがずっと頭にあったせいだったのだ。

——もう、消えたのかもしれぬ……。

取り返しのつかないことへの焦燥感に、心臓がゴトゴトと音をたてている。

まぬけで、さして役に立たないインキュバスだと蔑んできたが、ラルゴの軽やかな明るさは喪ってはならないものだったのではないだろうか。

目を閉じていても目眩がする。

しかし、いつまでもこうして確認しないでいるわけにはいかないのだ。

アルトは気持ちを奮い立たせると、瞼を深く伏せたままラルゴのベッドの横に行った。

そして無理やり視線を上げて、ベッドを正視する。

自分の喉がヒュッと鳴るのをアルトは聞く。

ベッドは空っぽだった。

膝から力が抜けて、アルトはその場にへたりこんだ。

「私の、せいだ」

震える声で呟く。

「私が少しでも体液を与えていれば……」

確実に救えたのに、ラルゴに少しでも好感をもっていると認めたくなくて、意地を張って救わなかったのだ。悔恨に胸が黒々と塗り潰されていく。

「う……」

嗚咽めいた音を喉から漏らしながら呼びかける。

「ラルゴ」

「なんだ？」

すぐ後ろから声がして、アルトは勢いよく振り向いた。

半分透けた男が心配そうな顔で真後ろに片膝をついている。

「──」

言葉が出ないアルトに、ラルゴが軽い調子で説明する。

「アルトのベッドのほうにいた。すげぇいい匂いがするから」

「気色悪い」

感情とは裏腹な言葉が口から飛び出した。

「いやでもさ、どうせ消えるなら好きな奴の匂いを嗅ぎながらがいいだろ？」

その告白に心臓が引き攣れて、アルトは両手でマントの胸元を握り締めた。

「でも本当は」

アルトの顔を覗きこみながらラルゴがさらに打ち明ける。

「俺は消えないで、あんたの傍にいたい。あんたを護りたい」

宝石そのままの翠色の眸も色が褪せて透けている。

「インキュバスごときが……」

声が掠れて、罵ることができなかった。

ラルゴが本心から言っているのだと理解しているせいかもしれない。蔓植物に襲われたとき、ラルゴは確かに全力で助けてくれた。

彼は愚かだから、いざとなればおのが命に替えても護ろうとしてくれるのだろう。

唇を嚙み締めてから、アルトは小声で告げた。

「唾液、だけだ」

「えっ、いいのかっ⁉」

もしリフのような尻尾がラルゴにあったら、それは千切れんばかりに振られていただろう。

「勘違いをするな。近くに置いておけば盾ぐらいにはなるからだ」

早口に言うと、ラルゴが透けかけている眸を輝かせた。

「盾になる。なにからもアルトを護る」

どこまでも軽々しい。

苦笑するアルトの唇に、ラルゴが透けかけた唇を押し被せた。


「もう――よかろう」

ベッドのうえ、アルトはなんとか顔をそむけると、自分に覆い被さっている男をどかそうとした。けれども、ラルゴがすぐまた蛭のように唇に吸いついてくる。

「ん、ふ」

腫れた唇の狭間から舌がはいりこみ、舌下を舌先が這いまわる。そうされると口内に唾液が溢れ、それをラルゴが啜り飲む。

ラルゴから匂いたつ甘ったるい香りが鼻の奥に満ち、彼の舌が蕩けそうなほど心地よく感じられていた。

うっかりすると行為に溺れて流されそうになる。

アルトは指を使って男の舌を引きずり出すと、きついまなざしで睨みつけた。

「夜が明けるまでするつもりか？」

けれどもラルゴはむしろ煽られたみたいに身震いして懇願してきた。

「もう、少しだけ。ほら、まだ指先が透けてるだろ？」

目の前に差し出された指先は、確かにまだ透けかけていた。

「唾液じゃ薄いからな。精液なら一発でかなり回復できんだけど」

「……そちらは二度とやらない」

「前の村ではさんざん飲ませてくれたじゃねぇか」

「あれは私が望んだことではない」

あくまで治療的に必要な行為だったのだ。

ラルゴが唇の端に口を押しつけながら訊いてくる。

「嫌だったのか？」

「……当然だ」

あの時のことを思い出すだけで、口づけだけで痛いほど腫れきっている陰茎がわななく。

ラルゴがもたらす快楽は、底なし沼だ。だからこそ二度と、あのような行為を許すわけにはいかない。

「キスも嫌か？」

「この程度ならお前を生かすためにしてやってもよい」

四大悪魔としての威厳を保ちながら尊大に答えると、ラルゴが嬉しくてたまらないように抱きついてきた。

「重い」と文句を言うと、ラルゴがそのまま身体を横に転がした。

ラルゴのうえにアルトが乗るかたちになる。

「これならいいだろ？」

アルトの頭を下からかかえこみながらラルゴがねだる。

「なぁ、もう少しだけ――」

その焦点の合いきらない目にぞくりとしたのと同時に、押し上げるように唇を奪われた。

舌を含まされながら、アルトは自然とラルゴの腰に跨がる。すると脚の狭間に硬い男のものが当たった。慌てて腰を上げようとすると、臀部を大きな両手に摑まれて留められた。

「や……」

「俺は動かねぇからな」

まるで意地悪をするように囁いてから、ラルゴが唇で繫がってくる。止め処なく溢れる唾液がラルゴのなかへと流れ落ちていくのを感じながら、アルトは切なく腰をくねらせた。

自分の脚衣の下腹部が粗相をしたかのように濡れているのがわかる。

「ぅ……ん」

こらえようとしたけれども、無理だった。

ラルゴの割れた腹部に陰茎を擦りつけてしまう。その行為に溺れながら、アルトは知らぬうちにラルゴにしがみついていた。

彼の肉体をしっかりと感じられることに安堵がこみ上げてくる。

もう少しで爆ぜられるというところで、ふいにラルゴが後ろで肘をついて上体を斜めに起こした。アルトの開いた股に男のゴツゴツとした幹が密着する。

「そのまま動いてみろ」

「ん――ぁ、……ぁあ」

茎も会陰部も同時に擦れて、アルトは肩をきつく竦めた。

ラルゴが快楽に低められた声音で命じる。

「いい……そのまま動け」

下等の者に命じられるなど耐えがたいことなのに、身体が従ってしまう。

——これではまるで、私のほうがいやらしいようではないか。

乱れる呼吸に半開きになっているアルトの唇を、ラルゴが小刻みについばむ。それがひどくもどかしくて……アルトはみずから、男の口のなかに舌を挿れてしまった。

ラルゴの粘膜はとても熱くて卑猥で、挿れているだけで舌がヒクつきだす。

その痙攣が次第に身体中に拡がっていく。

大袈裟なほど全身を跳ねさせながら、ラルゴの身体もまた同じように跳ねていることに気づく。

頭のなかまで煮え爛れるような感覚に酔い痴れるアルトの顔から、ラルゴが顔を離した。しまえなくなっている舌を震わせるアルトの顎の下に指を入れて、ラルゴが溜め息をついた。

「丸ごと食べちまいたいぐらい、可愛くてたまんねぇ」

どうしてだろう。

ずっと屈辱的な言葉だと感じてきた「可愛い」が染みこんできて、肯定感に胸が温かくなる。

ラルゴ相手には肩肘を張りつづけることができない。

アルトの舌を、ラルゴが指で口のなかに押しこみながら言う。

「インキュバスのなかに挿れると、快楽で痺れるんだ」

からかっているのか本気なのかわからない甘い声音で訊いてくる。

「いっそ、俺のことを抱いてみるか？　失神するぐらい気持ちいいぞ？」

想像するだけで、果てたばかりの陰茎がわななないてしまう。それを誤魔化すように咳払いをして、アルトは蔑むまなざしをラルゴに向けた。

「お前などにこの身は捧げぬ」

「じゃあ誰になら捧げるんだ？」

「それは……」

能天気なラルゴでも腰が引ける相手といえばひとりしかいない。

「魔王ナーハハル様にならば喜んで捧げよう」

完璧な答えだ。口惜しがるラルゴの姿を眺めて、いやらしいことをさせられた溜飲を下げようとしたのだが。

「………そうか」

項垂れてひどく悲しげな顔をする男を見たら、ただ胸が痛んだ。

7

「あ、またラルゴがアルト様にキスしてる」

野宿の焚き火の向こう側から、リフがこちらを指さす。

「あれはインキュバスにとっては食事のようなものだというから、そう目くじらを立てるものではないでしょう」

宥めるバッソに、リフが言い返す。

「でも一日に十回はしてるよ。食べすぎじゃない？」

口のなかからラルゴの舌を引き抜いて、アルトは唇を手の甲できつく拭った。

十日ほど前にラルゴを消滅させかけてからというもの、求められるとつい唾液を与えるようになってしまっていた。

「いやでも食べすぎっていうなら、リフとバッソも食いすぎじゃねぇか？」

ラルゴに指摘されて、狩ったイノシシを丸焼きにしてふたりでほぼ平らげようとしていたリフとバッソは互いに顔を見合わせた。

「確かに、魔界にいたころの十倍は食べています」

「だろ？」

困惑した顔をしているバッソに、ラルゴが続ける。

「俺も十倍は養分を摂取しないと指先とか薄くなるんだ」

アルトは三人に怪訝なまなざしを向けた。

「私はなんともないが？」

「アルトは力のある悪魔だから、人間界でも安定してられんのかもな」

「……物質的比重が高い人間界での長期滞在は、霊的比重の高い存在である魔界の者には負荷がかかるということか」

本来は物質で栄養を摂る必要がないはずのアルト自身も、少量とはいえ食べ物を口にするようになったりと、変化はあった。

リフが自身の腕を見ながら鼻をグズグズさせる。

「これだけ食べても痩せるのって、そういうこと？　勇者のとこに行くまでもつのかな？……このままだと僕たち死んじゃう？」

嗚咽に震える細い肩をバッソが抱いて慰めるのを尻目に、アルトは彼らに背を向けるかたちで地に横たわると、目を閉じた。

地図を手にしたバッソが、街の門をくぐろうと馬を進めるアルトに進言した。

「アルト様、お待ちください。この街に立ち寄るのはやめたほうがいいかもしれません」

目と鼻を泣き腫らしたリフが地図を覗きこむ。

「あ、ドクロマークが三つもついてる。これって治安が悪いってこと?」

「はい。この街では旅人が消えるそうです」

「えええ、怖い。あ、アルト様がっ」

かまわず街へとはいっていくアルトを、三人が追いかける。

街には饐(す)えた匂いが満ち、始終どこからともなく悲鳴と慟哭(どうこく)があがりつづけていた。のろのろと行き交うひとびとは眼窩(がんか)が落ちくぼんでいて、その顔には生気がない。それでいながら目はギラついて、獲物を探す飢えたハイエナのようだ。

魔窟街・トリトヌス。

上級悪魔たちには馴染(なじ)みのある街だった。ここでは悪魔崇拝が盛んにおこなわれ、立ち寄った旅人たちは攫(さら)われて金品を奪われたうえでサバトの生け贄(にえ)にされるのだ。

アルトの頬は自然と緩む。

――ああ……なごむ。

サバトの際に顔を出す悪魔は持ち回り制になっており、アルトも幾度か「闇の回廊」を通ってこの地に足を運んだことがあった。ただその度に「間違って天使を召喚してしまった!」という騒動になったのだが。

「宿屋や酒場でしたら、ここを右折です」

目抜き通りを進もうとするアルトに、バッソがそう声をかける。

それには答えず、アルトは馬をまっすぐ進めて広場に出た。

現れた荘厳な造りの尖塔に、リフが声をあげる。

「すごい大聖堂っ……だけど、あれって逆さ十字？」

尖塔のてっぺんに掲げられた、前面に八角形の鏡がついた十字架は確かに逆さまだった。

トリトヌスは千年ほど前までは神の一大拠点であり、当代随一の聖なる街と称されていた。あの大聖堂も神を崇めるために建てられたものだった。街は清潔で、ひとびとは信心深く、朝に夕に清らかな聖歌がどこからともなく聞こえるような街であった。

しかし魔王ナーハハルが声の美しい美少年を聖歌隊に送りこんで司祭たちを誘惑し、街に悪魔崇拝を広めさせた。従順で純粋な——自分の頭でまともにものを考えることのない街の者たちは、免疫がないぶんだけ悪徳に染まりやすかった。

このような地が人間界にはいくつもあり、太い闇の回廊で魔界と繋がっている。

闇の回廊は言うなれば、人間たちひとりひとりの心の闇を繋ぐ地下水脈のようなものなのだ。人の心は弱く、多かれ少なかれ闇をかかえている。

その闇がある限り、人間界から魔界へとエネルギーが流れこみつづけ、魔界が廃れることはない。

だから勇者の魔王討伐などというものは日々の不平不満に対するガス抜きイベントに過ぎず、実際のところ意味をなさないのだ。

魔界を本気で滅ぼしたければ、人間が滅びるしかない。

しかしそう考えると、ナーハハルを斃すのではなく、幼くさせたことは、魔界に大混乱というダメージを与えたのだから大正解だった。もしその結果を見越しての戦術だったのだとすれば、勇者とその相方は、そうとうな切れ者ということになる。

しかも強力な時間魔法をもちいて自分たちはノーダメージで目的を達成したのだ。立ち寄った先々で強力な魔石を大量に入手してもいるし、魔王城の宝物庫から魔銃の杖をもち去ってもいる。

彼らとの対決は、間違いなく命がけのものになる。

聖堂の前で馬から降りると、アルトは三人を引き連れて正門からなかにはいった。

天井まで届くアーチ型の窓がいくつも連なり、その一枚一枚は美麗なステンドグラスに彩られている。

リフが興奮に尻尾を振りまわすのが、起こる風でわかった。

「うわぁ……あ、あれって、ソプラノ様じゃない？　あっちはテノール様、バス様。向こうのはアルト様だよね、きっと。祭壇の奥のは魔王様だ！」

色ガラスのモザイクでかたち作られていてデフォルメがかかっているが、魔界の面々がそこには描き出されていた。

ラルゴはふらふらとアルトが描かれているステンドグラスへと近寄ると、口を半開きにして食い入るようにそれを見上げ、両手を胸の前で握り合わせた。まるで人間が神にそうするかのように。

その姿に眉をひそめるアルトに、リフが尋ねる。

「魔王様って人間界の征服とか目論んでるの?」

「少なくとも、初めにこの地にナーハハル様を呼び寄せたのは、人間の子供たちだった」

「え? 人間の子供たちがどうして?」

「千年前、ここの司祭たちは聖人面をして信徒の子供たちを陵辱していた。子供の親たちは信仰のために、それに見て見ぬふりをした。神も大人も自分たちを助けてくれないと悟った子供たちは、悪魔と契約して魂を売り渡した」

「……そうだったんだ」

「元から深い闇がなければ、ここまでの仕上がりにはならぬ。この地はナーハハル様によって、堕落を剝き出しにされただけのこと」

悪魔と契約した子供たちはこの街に君臨し、聖堂のすべてのステンドグラスを破壊して、悪魔礼賛のものに取り替え、尖塔の十字架を逆さまにした。

まっとうな心根をもつ者たちはこの地を去ったが、それも少数だった。

敬虔な信徒として暮らしていた街の住民たちは、すでに数世代にわたって司祭たちの悪徳に染まりきり、心に大きな闇をかかえていたからだ。

神のヴェールによって暗部を隠されていた千年前のトリトヌスよりも、いまのトリトヌスのほうが潔くて心地よいとアルトは感じる。

「こちらに来い」

三人に命じながら、アルトは壁際に並べられている告解室の扉を開いた。

そこに闇がぽっかりと現れる。その闇は道となり、魔界へと繋がっている。

「半日も歩けば、魔界に戻れる」

紫色に煙る眸に厳しい光を浮かべて、アルトは続けた。

「お前たちは不要だ。帰れ」

「な、なんでそんなこと言うの？」

鼻をグジュグジュさせながら抗議するリフに返す。

「そうやってすぐ泣いて、お前の鼻は使いものにならない」

次にバッソに告げる。

「お前もバーサーカーとは名ばかりで、やたらと人間に馴染んでとうてい役に立つとは思えぬ」

さらにラルゴに冷ややかな視線を投げつける。

「お前にいたっては足手まといにしかならない」

「っ、俺は命に替えてでもあんたを護る！」

苛立ちのあまり、アルトの身体にビリッと静電気が走って髪や肌がほのかに煌めいた。

「聞こえなかったのか？　足手まといだと言っているのだ。お前たちは人間界ではそのかたちを維持するのにすら苦労するありさまだ。とても面倒を見きれない」

勇者パーティがもちいた時間魔法がどれだけ凄まじいものであるのかを、魔法に通じていないこの三人は理解できていない。

アルト自身すら無傷で帰るのは困難だろう。

――……私は、護れない。

とてもこの三人まで護ることはできない。

ラルゴが消えかけたときに覚えた、心臓が壊れそうな焦燥感が甦ってくる。もう二度とあんな思いはしたくない。

だからいま、生きているうちに三人を魔界に戻すのだ。

「お前たちの髪をひと房ずつ差し出せ。髪を身代わりとする術をもちい、同行しているものとする。それで爆死は免れるであろう」

「髪なんて一本だって渡さねえし、俺は絶対に帰らねぇからな。帰されたって、闇の回廊を戻ってきてあんたを追いかける」

泣きじゃくるリフの頭を撫でながら、バッソも彼には珍しく厳しい顔つきで言ってきた。

「私もラルゴ殿と同じです。アルト様をおひとりで行かせることなどできません。アルト様に決してご迷惑をかけないように対策を立てます」

いまやアルトの結ばれた髪は、なかば宙に浮き上がってバチバチと音をたてていた。

いっそこの場で致命傷にならない程度に傷を負わせて闇の回廊に転がしておこうか。そう考えてクレセントブーメランを出現させようとしたときだった。

リフが両手で涙を拭いながら掠れ声で懇願してきた。

「せめ、て、せめてもうひと晩だけ、一緒にいさせて」

それにラルゴも加勢する。

「こんな急に離れろって言われて納得するわけねぇだろ。ひと晩ぐらい時間をくれたっていいはずだ」

決定は変わらないが、一ヶ月足らずとはいえ、ここまで道中をともにしてきたのだ。彼らの言うこともわからなくはないし——アルト自身、わずかとはいえ寂しさを覚えてもいた。

苦い溜め息をつき、現れかけた武器を宙に消す。

「ひと晩だけだ。明日には魔界に戻ってもらう」

最後の夜ぐらい揃って一杯やろうということになり、一行は酒場へと向かった。

バッソとリフは父子設定で客たちと交流し、情報をするすると引き出していく。改めて思い出すと、彼らが酒場で集めてくれた情報はなかなか有益だった。

リフの鼻も実に頼りになった。

酒場の隅の席でフードを深く被ったまま酒を口にしていると、質素な長椅子に並んで座るラルゴがふいに顔を覗きこんできた。そのまま顔が近づきすぎて、唇をやわらかく押し潰される。

「っ、こんなところで……」

力のはいりきらない目で睨みつけると、ラルゴがつらそうな表情で囁いてきた。

「近くにいるうちしかできねぇだろ」

「それは、仕方あるまい。お前たちは邪魔にしかならな……ん」

また唇をついばまれて、アルトは身を小さく震わせた。明日には離れるとわかっているせいなのか、切ないような気持ちがこみ上げてくる。

それを誤魔化すためにグラスの酒を呷る。酔ってしまえれば楽になるだろうに、人間の酒は弱すぎる。

さすがにトリトヌスの酒場だけあって荒みきった者も多く、店内で小競り合いが起こったのを機に、アルトたちは店を出た。

「非常に気になる情報を得られました」

宿に向けて歩きながらバッソが耳打ちしてきた。

「王都の大司教が、魔王様の額飾りをつけているという噂があるそうです」

アルトは思わず声を荒らげた。

「ナーハハル様の、あの黒き宝玉の額飾りをかっ？」

「しずく型の黒い宝玉が嵌まっているものを、二ヶ月ほど前から身につけだしたとか。魔王様の姿絵にある額飾りに似ていることから、王都の人間たちは大司教が悪魔崇拝に走ったのかと心配しているそうです」

時期的に見ても、おそらく間違いないだろう。

実際、ナーハハルの額飾りは紛失していた。

「あれは、歴代の魔王が身につけてきたものだ」

しかもただの装飾品ではなく、すべての能力値のステータスを大きく上げる機能を備えているのだ。

「要するに、その大司教って奴が勇者の相方ってことか」

興奮した様子のラルゴに、バッソが返す。

「大司教に、額飾りを献上した者がいるのかもしれませんが」

アルトは心を鎮めようと努めながらバッソに尋ねた。

「その情報をもたらした者からじかに話を聞きたい。所在はわかるか?」

「いえ、その話をしていた旅人はおととい、荷物を宿に置いたまま姿を消したそうです」

「……そうか。ここではよく旅人がサバトの生け贄にされるからな」

とにかく、王都フィオリトゥーレンに行けば魔王に害をなした勇者たちの情報がさらに詳しくわかるのは確定された。これは大きな収穫だ。

アルトはバッソに視線を向けて口を開きかけたが、無言のまま唇を噛んだ。礼を言うわけにはいかない。「役立たずのバッソ」には明日、闇の回廊から魔界に帰ってもらわなければならないのだ。

酸っぱいものを食べたような顔をしているのをラルゴに見られていることに気づき、アルトは宿に向かう足を速めた。


これまた最後の夜ということで、宿では初めて四人でひとつの部屋を使うことになった。

酒のはいったバッソはすぐにいびきをかきはじめ、リフもほどなくしてプスプスと鼻を鳴らしながら寝息をたてた。

最奥のベッドに横臥(おうが)したアルトは、すぐ近くにある窓をぼんやりと見上げていた。

晦を明日に控え、月は線のような弧を描いている。

——眠って起きたら、もう別れか。

やはりラルゴたちを連れてくるのではなかったと思う。

初めからひとりだったら、こんな気持ちにならずにすんだのだ。

弱っている自分の心に苛立ちながら無理やり目を瞑ったアルトはしかし、パッと目を開いた。

振り返るより早く、毛布をめくって侵入してきた男が背中から抱きついてきた。

「なにをしている」

「最後なんだから少しだけ、いいだろ?」

許可を取るのは口ばかりで、ラルゴはすでにアルトの寝衣の裾を捲って、素足に手を這わせていた。その手を摑んで拒もうとすると、指に指を絡められた。ラルゴの掌はひどく熱くて湿っている。

彼から漂う甘い香りもまた、いつになく濃厚だった。その香りが快楽と紐付けられてしまっているせいだろう。アルトは軽い目眩を覚える。

——最後、か。

明日別れたら、本当にもう二度とラルゴに会うことはないのかもしれない。

勇者とその相方は、あのナーハハルを手玉に取ったのだ。かならずや彼らを斃してナーハハルを元の姿に戻すと決めているが、相討ちになる可能性は高い。

その覚悟はできているつもりだが。

「……ひとつ、約束せよ」

ラルゴの手をそっと握り返しながら、アルトは小声で告げた。

「明日からは、私以外からきちんと養分を得て、長生きするのだぞ」

しかしラルゴはそれには答えず、泣くみたいに身体を震わせた。

「ラルゴ？」

首をひねって見返ると——唇にきつく唇を押しつけられた。

「ああ、無理だ。優しくて可愛すぎ。完全に天使」

悪魔に対しては侮辱にしかならない言葉を重ねながら、ラルゴがもぞもぞと身じろぎする。

腿のあいだに硬くて熱い棒を通される。それが忙しなく会陰部を擦りだす。

まさかリフとバッソがいる部屋でそこまでの行為に及ぶとは思わず、アルトはもがいた。

「待……嫌、だ」

「嫌なら電流を流せばいいだろ」

「……、っ、ぁあ」

横目で詰りながらも声が漏れてしまう。その口をラルゴの手で塞がれた。耳許で囁かれる。

「リフたちが起きても、俺はいいけどな?」

「ん…ぅ」

ラルゴの言うとおり、本気で嫌ならば、電流を流して動きを封じればすむことだ。けれども、繋がれたままの手にすらゾクゾクして、身体に力がはいらない。

もどかしい刺激に腿を寄せて、男の性器をきつく挟みこんでしまう。そして改めて、その猛々しい器官の大きさを認識する。恐る恐る手を伸ばしてみると、腿のあいだから先端部分が長く突き出ていた。

掌に亀頭を擦りつけられる。

「ぁ…っ、掌がすべすべで、最高だ」

耳にじかに流しこまれる言葉に肌が粟立つ。

これではまるで自分がラルゴに奉仕しているみたいではないか。腹立たしくて手を引っこめようとしたが、考えてみれば早く終わらせるのには刺激してやったほうがいいのかもしれない。それに……。

——どうせ、最後なのだ。

餞別と思えばギリギリ許容範囲内だ。

だから手をそのままにしたのだが、掌に覚えるなまめかしい感触に、なぜかひどく胸が苦しくなってくる。止め処なく溢れる先走りが手を伝い、指先から滴る。

この厚かましい男の体温も香りも、明日の夜にはもう隣にないのだ。

「せいせいする」

ラルゴの手に塞がれたままの唇でそう呟いて自分に言い聞かせようとするのに、苦しさがどんどん嵩を増していく。

嗚咽めいた音が喉から漏れると、ラルゴが慌てて口から手を外し、顔を覗きこんできた。

「大丈夫か？」

言葉が出なくてただ睨みつけると、ラルゴがつらそうに目を眇めて、顔を伏せた。唇が触れて——アルトは大きく目を見開く。

両手の指で尻の丸みを左右に掻き分けられ、その奥にある窪みを亀頭できつく圧されていた。重たさに負けて襞がわずかに開く。

「ん…っ、っ」

無理に粘膜を拡げられる痛みに悲鳴が出そうになって、アルトは両手で口を覆った。

ほんのわずかにだが、ラルゴと結合してしまっていた。俯せになって身体をずり上げようとすると、背後から完全にラルゴに乗られた。男の重みに潰される。

「あ、あ……アルトアルト」

譫言のように名前を呼ばれ、密着した身体から震えが伝わってきた。

「ぅ……出る、っ……っく、……ぁ……あ」

熱くて重ったるい粘液が内壁に満ちていくのがわかって、アルトは首を横に振る。

インキュバスの精液を放たれたらどうなるかは、蔓に襲われたときの経験からわかっている。果てて弛緩（しかん）するラルゴの下から這い出ようとする。

浅く嵌まっていた性器が抜けて一瞬楽になったものの、すぐに二本の指をそこに捻じこまれた。

「は……、ふ」

精液を指で粘膜に擦りつけられて、アルトの身体はビクビクと跳ねる。

「そんな、に、したら」

「ああ。俺の体液があんたに染みこんでる」

ラルゴが勝ち誇ったように小声で言う。

「これで俺のことは手放せねぇな。濃いのをたっぷり出したから、一週間は俺の介助が必要になる」

つい、最後などという言葉に惑わされた自分の愚かさに、アルトは歯噛みする。

真っ赤になっているだろう項を、ラルゴに甘噛みされる。

「なぁ、あんたは俺たちを護りたいから、帰らせようとしてんだよな？」

「違う」と即答すると、ラルゴが喉で甘く笑った。

「嘘つくと緊張して、なかが締まるんだな」

「違う」

気持ちよさそうな溜め息をラルゴがつく。

そして低い囁き声で訊いてきた。

「アルトは俺のこと嫌いか？」

「嫌いだ」

「う……すげぇ締まってる」

「締まってなど、おらぬ」

言いながらも、粘膜が蠕動（ぜんどう）してラルゴの指をコリコリとしゃぶる。

「なぁ……すげぇ指に絡みついてくんだけど」

「――お前は、嘘ばかりつく」

「俺はずっと正直なだけだぞ？」

耳を唇で覆われて、告げられる。

「あんたのことが好きで好きでたまんねぇの」

下半身でしかものを考えないインキュバスの好意に、どれほどの価値があるというのか。

そう思うのに、心臓は痛いほど動きを速くしていた。

「リフ殿の姿がどこにもありません！」

そのバッソの声で、アルトは目を覚ました。

「リフが……おらぬのか？」

ベッドから身体を起こすだけで、軽い目眩が起こる。頬に手をやると、火照っているのがわかった。頬だけではない、身体が芯からグズグズに熟んでいる。

インキュバスの精液をじかにそそがれたせいに違いなかった。

「んーっ」

同じベッドのなかからラルゴが喉を鳴らすのが聞こえて、アルトはギョッとする。

彼は隣に寝ていて——どうやら自分は腕枕をされていたらしかった。

ラルゴが伸びをしながらバッソに尋ねる。

「いつからいないんだ？」

「私が気づいたのは一時間ほど前です」

「なぜ私にすぐに報告しなかったのだ」

思わずアルトが詰る口調で問うと、バッソが気恥ずかしそうに答えた。

「恋人たちの最後の朝に水を差すのはどうかと思いまして」

「恋人？」

「お付き合いされているのでしょう?」

バッソが勘違いをしていることに気づき、アルトは火照っている顔をさらに紅くした。

「どうやったらそんな思い違いをできるのだっ」

「いえでも、アルト・フォン・サリシォナル公爵がわざわざ体液を与えられているのですから……ああ、恋人ではなく愛人でしたか」

どちらも変わらないうえに、よけいに響きがいかがわしい。

「まぁあれだけイチャついてて、恋人でも愛人でもないってのはねぇよな。俺はどっちでも大歓迎だけどな」

上体を起こしてにやけるラルゴの腹部に、アルトは肘鉄を食らわせた。かなりの力を籠めたのに、ラルゴがくすぐったそうにするだけなのが腹立たしい。

「リフは――魔界に帰るのが嫌で逃げたのか?」

ベッドから降りて身支度を整えながら呟くと、ラルゴが首をひねった。

「帰りたくないのは確かだろうけど、逃げたって腹が減って痩せこけるだけだろ」

「リフ殿は、アルト様のお役に立ちたかったのではないかと思います」

バッソが思い詰めた顔で続ける。

「昨夜、アルト様にできるだけのことをしたいと私に言ってきたのです」

「よけいなことを……」

アルトが髪を結ぼうとすると、ラルゴが飛んできてリボンを結んだ。

「そう言ってやるなよ。リフの気持ちは俺もよくわかる。……そうだな、もし俺がリフだったら」

考える間があってから、ラルゴが閃き(ひらめ)きに手を打った。

「あれだ。王都からの旅人。そいつから話を聞きたいって、アルト言ってたよな?」

「確かに言ったが、旅人は消えたのだろう」

バッソが彼には珍しく早口で言う。

「旅人はサバトの生け贄にされるという話でしたね。生け贄が捕らわれている場所に行ったのでは」

「それはあれだよな。生け贄を助けに行って自分も生け贄になるっていう」

捕らわれて生け贄にされるリフの姿は、あまりにも容易く想像できた。

「た、助けに行かねば、リフ殿が生け贄にされてしまうのですかっ」

「もう手遅れってことはねぇよな?」

不安そうに呟くラルゴの腕を、アルトは軽く叩いた。

「サバトの生け贄ならば、夜まで時間の猶予がある」

「そうなのか?」

「サバトは月が姿を消す晦の夜に盛大におこなわれる。今夜はその晦だ」

なにはともあれ、まずは本当にリフが生け贄として拉致されたのかを確認する必要がある。

街で聞きこみをしてリフの足取りを探ってみたところ、朝方にまた酒場に行って消えた旅人の情報を聞いてまわっていたことがわかった。旅人の最後の目撃情報があったという下水路に降りる階段付近を歩くリフの姿を見たという者もいた。

「やはりリフ殿は旅人と同じように拉致されたようですね」

下水路に向かおうとするバッソを、アルトは止めた。

「お前まで捕まるつもりか?」

「ですが、生け贄になる前に救出しなくては」

「晦のサバトは大聖堂でおこなわれる。そこに乗りこめばよい」

「乗りこんで力ずくで奪還するんだな?」

腰につけた鎖鎌を撫でるラルゴに、アルトは薄い笑みを返す。

「お前の力などいらぬ。私を誰だと思っているのだ」

「いや……でもな」

口籠もるラルゴに、尊大に命じる。

「言ってみよ」

するとラルゴが小声で耳打ちしてきた。

「でも、アルトはそんなに強くねぇよな？」

「な…」

あまりの侮辱にアルトは目を白黒させる。

しかもバッソまで同意見らしく、目が合うと慌てて視線を逸らした。

憤りにブルブルと震えながらアルトはふたりを交互に睨みつけた。

「私は四大悪魔であるのだぞ」

「それは知ってるけどな。ブーメランと触ってビリビリぐらいしか、これまで見てねぇし」

「手軽な小技がそのふたつであるだけだ」

アルトは腰に手を当てて胸を張ると、浅はかな下級の者たちに教えてやる。

「悪魔の序列は、いかに大きな魔法を使えるかで決まるのだ。私には奥義がある」

「どんな奥義なんだ？」

「私がその気になれば、この街の者すべてに殺し合いをさせることができるのだ。街は阿鼻叫喚に溢れ、無事でいられる者はひとりとていないであろう」

さぁ畏れ敬えと、ラルゴとバッソを眺めるが、しかしふたりは引いた顔をしていた。

「それ、大技っていうより、大味すぎねぇか？」

「まさかサバトで殺し合いをさせるつもりなのですか？」

アルトはムッとしつつ、さらに奥義を披露する。

「この街に雷の塊を落として焼き払うこともできるのだぞ」

「いや、それもどうなんだ？」

「どうでしょうね……」

「強酸性の雨を降らせて、このあたり一帯を不毛の地にすることもできる」

ラルゴとバッソが眉間に皺を寄せて、大きく首を傾げる。

「…………」

アルトが桜色の唇を噛み締めると、ラルゴが慌てて言った。

「いっそ、サバトの最中に乗りこんで、四大悪魔だって名乗ればいいんじゃねぇか？　ほら、ステンドグラスにあんたの姿があったし」

バッソが首を何度も縦に振る。

「それがよいかと思われます」

肩書きだけで従わせるなど、大悪魔として示しがつかない。

「しかしやはりここは流血と阿鼻叫喚が必要ではないか？」

「それはあれだ。勇者たちとの戦いに取っておけばいいんじゃねぇか」

「せっかく悪魔崇拝をしてくれている人間たちを、わざわざ傷つけなくてもよいかと」

ふたりの言い分にも一理ある。

アルトはしぶしぶ、肩書きで片をつける戦術を採択したのだった。

悪魔崇拝が蔓延っているトリトヌスでは、サバトは大っぴらにおこなわれる。

夜も更けると大聖堂やその前に広がる円形広場は、黒い服を着た信徒たちで溢れ返った。

ラルゴもバッソも用意した黒いマントを羽織って人混みに紛れようとした――が、少年の後ろにやたら長身の男ふたりが控えて歩くさまは人目を引いていた。

「なんか子連れも多いな」

意外そうにラルゴが呟く。

子供たちは蝙蝠のような翼のついた服を着せられて親に手を引かれている。子供たちには「悪魔の飴」が配られていた。

「ただの黒糖飴だぞ、これ」

子供から奪った飴を頬張りながらラルゴが言う。

「そもそも、トリトヌスの子供たちがナーハハル様と契約を結んだのが始まりであるからな。この土地の子供には害をなさないというのが決まりになっている」

アルトは肩を竦めて付け足した。

「それに、信仰において子供を取りこむのは重要課題だ。人間というものは数を力とするからな。国も宗教もなにかというと頭数を誇って、小競り合いを繰り返す。私の知るこの二千年間でも、そのせいでいくつもの国と宗教が消え去った」

「へぇ。そんなら魔界のほうが平和かもな。何千年も魔王様一強なんだから」

「ナーハハル様の糧となるように、人間どもは好きなだけ争い合えばよいのだ」

ククク とアルトが喉で笑うと、ラルゴがフードをめくって顔を覗きこんできた。

「悪い顔してんなぁ」

「大悪魔であるからな」

「可愛すぎ」

アルトの唇に素早くキスをして、ラルゴがにやける。

「っ」

深く被りなおしたフードの下で、アルトは茹でられたみたいに顔を紅くする。

いや、キスひとつで、顔だけでなく身体全体が茹でられたみたいになっていた。精液を体内に入れられた後遺症に違いない。

——リフを取り返したら、三人まとめて闇の回廊に放りこんでやる。

身体の処置は自分でしなければならなくなるが、ラルゴが近くにいるだけで酔ったようになる現状からは逃れられるだろう。体内に毒がはいっているようなものなのだ。排出を繰り返して、しばらくすれば自然に毒も薄まるだろう。

アルトは大聖堂に行くと、開け放たれている正面扉からなかにはいった。

無数の黒い蠟燭(ろうそく)の灯りが揺らめく聖堂内は、悪魔崇拝の信徒の喧噪(けんそう)や哄笑(こうしょう)に満ちていた。

バッソとラルゴが道を拓き、アルトはなんとか奥の祭壇のほうまで辿り着く。

すでに生け贄を捧げる準備が進んでいて、祭壇の前には屠る(ほふ)ための台が置かれていた。血が映えるように、台のうえにはわざわざ純白の布が敷かれている。

そして、その台の近くには五つの檻(おり)が並べられており、それぞれに今宵の生け贄がはいっていた。魔王と四大悪魔に捧げるため、晦のサバトの生け贄の数は五つと決まっているのだ。三匹の羊と、ひとりの若い男と——リフだった。

生け贄の儀式に使うナイフを手にして、顎の下をタプタプとさせた司教が声を弾ませる。

「少年の生け贄など十年ぶりではないか」

血を入れる金の杯を用意しながら神父が嬉しそうに返す。

「このところ旅人もこの街を避けて通りますからね。人間をふたりも用意できて、今夜のサバトは大成功間違いありません」

「ああ。できればあの少年の仲間たちも生け贄として捕らえたかったがのぉ」

司教が舌なめずりをする。

「金髪に紫の眸をした、天使のような美少年がいたな」

ラルゴが肘でアルトを小突く。

「天使だってよ」

「――」

憤りに身を震わせると、アルトはつかつかと司教に近づき、そのブヨブヨとした手から銀のナイフを奪った。蛇を象ったナイフで、大きく開いた口から刃が出ている意匠だ。

それはかつて、ナーハハルが下賜したものだった。

アルトは祭壇のうえにひらりと乗ると、被っていたフードを下ろして高らかに名乗った。

「我が名は、アルト・フォン・サリシォナル。魔王ナーハハル様の従弟にあたる公爵である」

聖堂内が水を打ったように静かになり――そののちに嗤いと怒声がドッと巻き起こった。

「あのガキ、頭がおかしいぞ」

「四大悪魔のサリシォナル公爵様を侮辱すんな！」

「おいおい、天使様が自分から生け贄になりに来たってさ」

「生け贄にする前に輪姦そうぜ」

バッソが剣を抜き、ラルゴが鎖鎌を構えて臨戦態勢になる。

祭壇のうえのアルトは、蛇のナイフの刃先をまっすぐステンドグラスへと向けた。

「愚民どもよ、見るがよい。あそこに私の姿があろう」

一同がステンドグラスに描かれた大悪魔を仰ぎ見てから、改めてアルトを見た。けれども納得する様子はない。

司教が頰肉を揺らしながら首を横に振る。

「いやいや、確かに少し似てはいるが、あれは何百年も前の大悪魔のお姿だ。いまだに少年の姿であるわけがない」

神父も追従して指摘してきた。

「あの大悪魔には立派な翼があります。あなたにはないようですが」

蠟燭の灯りに浮かび上がるステンドグラスをアルトは見やる。

三対六枚の蝙蝠のものに似た黒い翼が、少年悪魔の背には生えていた。

「普段はしまっているだけだ」

不機嫌に返すと、「ほらやっぱり偽物だ！　生け贄にしろ！」という怒鳴り声があがり、信徒たちが祭壇へと押し寄せようと波打ちだした。

アルトはすっかり面倒くさくなる。

「ここの者どもに殺し合いをさせるか」

そう呟くと、ラルゴがこちらを振り仰いで言ってきた。

「翼を出せば、こいつらも信用するんじゃねぇのか」

「……」

気乗りしない顔をするアルトに、バッソが眉尻を下げて懇願する。

「魔王様の覚えのあるこの地の民を傷つけることは、どうぞおやめください」

アルトは手にしている蛇のナイフに視線を落とした。

確かにナーハハルは、このナイフを含めていくつもの魔界の宝を下賜するほどに、トリトヌスのことを気にかけていた。

——しかし、翼を出すのは……。

逡巡するものの、この状況を丸く収める方法はそれしかなさそうだった。

アルトは難しい顔で溜め息をつくと、マントの留め具を外した。

「鎮まれ。これより翼をもって我が身の証明とする」

ラルゴが安堵した顔でアルトを見上げ、目をしばたたいた。

マントを滑り落としたアルトは、上着も脱ぎ、さらには優雅なドレープがほどこされているシャツのボタンを外していった。

白い胸が露わになっていく。

「お、おい、なんで脱いでるんだ？」

動顛するラルゴに、アルトは呆れたように告げる。

「翼を出すために決まっているであろう」

「脱がないと出せねぇのか？」

「脱がなければ服が破れる」

肘に引っかけるかたちでシャツをはだけ、アルトは信徒たちに背を向けて祭壇に両膝をついた。

その身体がわななきだす。

白い背中が紅潮し、肩甲骨のあたりがメリメリと音をたてて変形していく。

「っ……う」

アルトは息を乱して声を漏らす。

体内にしまわれている翼を出すのは、苛烈な痛みをともなうのだ。

「ぁっ、ふ――」

背中の裂けた皮膚から、種が芽を出すときのように黒い翼が現れる。

「大丈夫なのか、アルトっ」

祭壇を回りこんだラルゴが目の前に立ち、蒼褪めた顔で訊いてくる。

……あまりの激痛に、アルトは差し伸ばされる彼の手を、きつく握り締めた。

一対の翼が現れたのち、次の一対の翼がさらに背を裂いた。

「ぁあ」

眉根を寄せて苦悶するアルトに、ラルゴが涙ぐむ。

「そんなにつらいなら、俺がこいつらを皆殺しにしてやってもいい」

本気で言っているらしいことが、そのエメラルドの眸の燃えるさまからわかった。

「たかがインキュバスに……それだけの力が、あるのか？」

揶揄する唇がわななき、呻き声が漏れる。

「アルト、俺に抱きつけ」

そう言いながら、ラルゴはアルトの腕を自身の首に回させた。

「うう…ぁ」

彼の甘ったるい香りに包まれると、いくらか痛みがやわらぐようだった。

けれども骨が変形して皮膚が裂ける痛みは凄まじくて、アルトの身体は痙攣を繰り返す。

その身体を強い腕で抱き締めながら、ラルゴがみずからも苦痛を感じているかのように身を震わせる。

——……愚かな男だ。

簡単に心を動かして、人の痛みを自分の痛みであるかのように受け取って、取り乱す。

でも、どうしてだろう。

その一途な愚かさに、ぬくもりを感じる。

霞む目で、アルトは吐息がかかる距離にある男の顔を見詰めた。そして、気がついたときにはラルゴの唇に唇を重ねていた。それだけでは足りなくて、みずから舌を挿入する。

ラルゴがブルッと身震いして、さらに強く抱き締めてくる。

ようやく三対の翼が現れ、若葉が拡がるときのようにふっくらと膨らんだ。

痺れる舌をラルゴから抜くと、アルトは祭壇のうえに立ち上がり、人間たちのほうを振り向いた。

悪魔崇拝の信徒たちは、司教や神父たちも含めて、全員が床にひれ伏していた。

「サリシォナル公爵様、よくぞお越しくださいました！」

「大悪魔様が降臨してくださったのは七十年ぶりのことでございますっ」

三十年に一度は輪番制で大悪魔が降臨することになっているはずだが、当番の者がサボっていたらしい。

誰からともなく口ずさみはじめ、大聖堂内は魔王と大悪魔たちを讃（たた）える歌で満ちた。


大聖堂から信徒たちを追い出して、アルトは翼をしまった。

衣類を整えるのを甲斐甲斐（かいがい）しく手伝ってくるラルゴに釘（くぎ）を刺す。

「勘違いをするな。痛みをやわらげるためにキスをしただけだ」

「アルトの役に立てたんだよな」

鼻の下を伸ばして浮かれている男をアルトは睨みつけようとしたものの、なぜか目に力がはいりきらなくて視線を逸らした。

「あびがどう、ございます」

　顔を涙と鼻水でグチャグチャにしたリフが、バッソに檻から助け出されながら礼を言う。

三匹の羊も逃がされ、最後の檻に若い男がひとりだけ残された。

　リフが彼を指さす。

「アルトざまが話したがってた、王都からの旅人だよ」

「リフ殿はあの旅人を探していて捕まってしまったのですね？」

　バッソがリフの洟をハンカチでかませながら尋ねると、リフがコクコクと頷く。

　アルトはマントを翻して檻の前に行き、大悪魔を前にして腰が抜けたようにしゃがみこんでいる男を見下ろした。

「お前か？　王都の大司教が、魔王の額飾りをつけていると吹聴して歩いていたのは」

「す、すみませんっ。どうか命だけは」

「質問に答えよ」

　真っ青な顔で旅人が頷く。

「は、はいっ」

「お前は大司教がその額飾りをつけているのを見たのか？」

「黒いしずく型の宝石が嵌まっている額飾りを、大司教イムヌス様がつけておられました。その額飾りは、以前に見たことのある魔王の絵姿にあるものとよく似ていました」

「ふむ」

アルトはなめらかな眉間に皺を寄せる。

「そのイムヌスというのは、どのような者なのだ？」

「イムヌス様は去年、三十歳というお若さで大司教になられた方で、末の第八王子・マクシマ様の幼馴染みであられます」

「なるほど」

旅人が目を伏せる。

「イムヌス様が大司教になられてから、王都はおかしくなりました。悪質な薬物が出回り、ここよりも治安が悪いぐらいです。……それと、ほかにも妙な噂が流れていました」

「どのような噂だ？」

「額飾りは、イムヌス様がひそかに派兵して魔界から盗み出させたものだとか」

ラルゴが興奮して、アルトの肩を抱く。

「すげぇ情報じゃねぇか！　そうか、大司教の差し金だったわけか」

「まだなにも確実なことはわかっておらぬ」

そう返しながらも、アルトの気持ちはすでに王都フィオリトゥーレンへと馳せていた。

バッソが地図を広げる。

「それでは、次は王都ですね。おや、ドクロマークが五つもついています」

「そこの告解室から闇の回廊にはいれば、王都まではすぐだ」

アルトの言葉にリフが拳を突き上げる。

「じゃあ、すぐに出発しよ」

「お前たちは魔界に帰るのだ。王都には私ひとりで行く」

「俺はなにがあってもアルトと行くからな」

ラルゴが骨が軋むほど肩を抱き締めてくる。

「僕だって行くよ。なんだか身体の調子もいいんだ」

飛び跳ねてみせるリフに、バッソが同意する。

「確かに酷い空腹感は収まっています。このドクロマークが多いほど、私たちには適応しやすい環境なのではないでしょうか」

「そうかも！　それなら王都に行ったら絶好調になるね」

同行するために嘘をついているのではないかと疑うものの、改めて見てみれば三人とも顔色がよくて眸に生気が宿っている。

「——お前たちの調子がいくらよくなっても、足手まといであることに違いはない。ゼロになにを掛けてもゼロであろう」

厳しい調子で言うと、ラルゴが間近から顔をじっと覗きこんできた。

「なにか言いたいのならば言え」

苛立ちながらアルトが命じると、ラルゴが目を細めた。

「本当に優しいな。でも、アルトが俺たちを護りたいみたいに、俺たちはアルトを護りたいんだからな」

「お前たちなど護る価値もない」

きつい口調で返すと、ラルゴが耳に口を寄せて甘い声音で囁いてきた。

「いま、なかがぎゅうっと締まってるだろ?」

その言葉に身体が反応してしまい、アルトはクレセントブーメランを宙に舞わせた。

8

「こんな便利な裏道があったなんて。ほ、本当に魔界の方たちなのですね」

闇の回廊を抜けて王都フィオリトゥーレンにある王家の霊廟内へと出ると、旅の若者――名をクエールという――が怯えと好奇心の入り混じったまなざしを四人に向けた。

ソナチネに跨がったアルトは若者に教えてやる。

「私の魔力で護ってやったから通れただけで、本来なら人間ごときが闇の回廊にはいれば、その身は捻じれ潰れて肉塊と化すのだぞ」

震え上がるクエールをリフが慰める。

「アルト様は大袈裟に言ってるだけだよ。ちょっと手足がもげるだけだよ」

「……」

もう逃げ出したいという顔をしているクエールに、バッソが紳士的に接する。

「王都の案内をしてほしいという無理な頼みに応えてもらい、かたじけない。協力していただければ、決して貴殿に害をなすことはありませんので」

温厚な口ぶりだが、協力しなければ害をなすと言っているも同然だった。

クエールが苦しそうに顔を歪める。

「俺は、王都を滅ぼす手伝いをさせられるのですね」

「お前はなにか思い違いをしているようだな」

アルトは悪魔的微笑を浮かべる。

「私たちの目的は別にある。魔界の繁栄のためにも、フィオリトゥーレンの人間たちには元気に苦しんでもらわねばならぬ」

アルトの微笑に見惚れながらラルゴが頷く。

「人間なんてのは放っといても勝手に苦しむもんだからな。見栄だの欲だの嫉妬だの慣習だのに押し潰されてさ」

複雑な表情を浮かべてクエールは項垂れた。

クエールは二十三歳で、生まれも育ちもフィオリトゥーレンだった。お陰で王都に精通しており、案内役としては最適だった。

バッソの見立ては当たっており、ひとびとの心の闇がことさら深くなっている王都の空気は魔物に合うようだった。ほかの三人はもとよりアルト自身も身体が軽くなったのを実感した。

王都の治安は確実にトリトヌスより悪かった。ただ道を歩いているだけで普通に強盗や酔っ払い、薬物中毒者に襲われる。その度にバッソとラルゴが撃退し、リフは戦闘の隙を縫って、相手から金品をくすねた。

そのくすねた金を、リフは食べ歩きにつぎこんだ。

「さすが王都だよね。美味しいものがいっぱいあるの。これはちょっと辛すぎるけど」

辛さのあまり涙目になって洟を啜りながらもケバブを頬張るリフの横では、バッソがチュロスと色とりどりの団子を串刺しにした長い棒をもたされている。

「食欲は収まったのではなかったのか？」

見ているだけで胸焼けを覚えながらアルトが尋ねると、リフが「お腹は減ってないから」と言い返して舌鼓を打つ。

この一行を見かけた者は誰も、勇者パーティを討伐しに来た大悪魔とその手下であるとは夢にも思わないに違いなかった。

むしろ魔王討伐に憧れる勇者パーティだと勘違いされて、酒瓶をもつ初老の男に絡まれた。

「魔王はとっくに討伐されたってぇ話じゃねぇか。あんたらの出る幕はもうねぇんだよ。しっかり働いて稼いで、眠り病の王様たちにたんまり貢げよ」

「眠り病とはなんのことだ？」

馬上から尊大な様子で問うアルトを充血した目でジロジロと眺めてから、男はいやらしく舌なめずりをした。

「あんたなら娼館でしこたま稼げるぞ。俺が客になってやる」

「殺す」と呟くアルトと男のあいだに割ってはいったラルゴが、改めて質問した。

「悪ぃな、おじさん。俺たちは田舎から出てきたばっかりで、もの知らずなんだ。王様になにがあったのか教えてもらえるか？」

「おめぇも娼館で稼げそうだな」

ラルゴの腹部を撫でまわしながら男が言う。

「先週から目を覚まさねぇんだよ。王様もお妃様も七人の王子たちもな」

「確か王子は八人いなかったか？」

「ああ。末の王子のマクシマ様だけは起きてるが——ありゃ見た目だけいい出来損ないだからなぁ。賭け事まみれ女まみれ酒まみれで、なにもかも俺のお仲間だぁな」

ガハハと笑う男を置き去りにして、アルトはクエールに尋ねた。

「眠り病などというものがあるのか？」

「いえ、初めて聞きました。王子たちまでとは、伝染病のようなものでしょうか……」

一行はとりあえず最新の情報収集のために、クエールの案内でフィオリトゥーレンでもっとも繁盛している酒場へと向かった。

その酒場は隣の娼館と回廊で繋がっている造りで、店内には胸の谷間をこれ見よがしに露わにした娼婦たちが客引きにいそしんでいた。

奥のほうに人だかりがあり、女たちが群がる中心には肩にかかる波打つ栗色の髪をした、目を引くほど派手な顔立ちの男がいた。細やかな刺繡がほどこされた赤紫色の上着の襟元や袖口からは、優雅な襞を寄せられたシャツが溢れ出ている。身なりからしてかなり上流の者のようだ。

「何者だ？」

アルトが尋ねると、クエールが即答した。

「あの方がマクシマ王子ですよ。ここの常連なんです」

「八番目とはいえ、王子がこんな場末の酒場で商売女を侍らせているのか？」

「もう二十八歳になられましたが、十代なかばからずっとあんなで、誰も手がつけられないんですよ」

見た目だけいい出来損ないだと酔っ払いが腐していたが、そのままであるらしい。

マクシマがすべての指に嵌めている指輪のひとつを示して、女たちにもちかけた。

「このテーブルのうえに最後まで乗っていられた者に、指輪をやろう」

娼婦たちが我先に、皿やグラスを蹴り落としながらテーブルにのぼろうとする。のぼったかと思うとほかの女に引きずり下ろされて床に転がされる。

十数人の女たちがなんとか上がり、そこからは互いの髪を摑んだり、胸や尻で相手を突き落とそうとしたりの騒ぎになる。

マクシマは腹をかかえて笑いながら、そのさまを愉しんでいた。

突き飛ばされた女がテーブルから落ちて床に頭を打ちつけると、ラルゴが見かねたように駆け寄って膝をつき、女を抱き起こした。

「大丈夫か？」

ラルゴに顔を覗きこまれた女が、とろんとした表情になる。

褐色の肌に銀の髪、翠色の宝石のような眸をもち、露出の多い踊り子の衣装を着た男の出現に、娼婦たちは色めき立った。テーブルのうえで争っていた女たちも、ラルゴに意識を奪われて動きを止める。

「インキュバスの好色さは、娼婦に響きやすいようですね」

バッソが感心した様子で分析する。

「ラルゴ、女の人をたらふく食べまくれるね」

チュロスを頬張りながらリフがふざけたように言い、ハッとしてアルトの顔を見た。

「だ、大丈夫だよ。ラルゴが一番好きなのはアルト様だから」

冷ややかに表情を固めたまま、アルトは拳を握る。

ラルゴの体液をなかに出されてからというもの、ずっと身体の芯が熟んでいる。それを癒やせるのがラルゴだけであることが、無性に腹立たしかった。

ほかの男に娼婦たちの関心が移っていることに気づいたマクシマが椅子から立ち上がり、床に座ったまま女に抱きつかれているラルゴを見下ろした。

「男の踊り子か。俺のために舞え」

「断る」

マクシマはしばみ色の目を眇めると、左手の中指を立てて見せた。

「うまく踊れたら、このサファイアの指輪をやろう」

少し離れたところから眺めていたアルトは大きく目をしばたたくと、思わずマクシマに駆け寄り、彼の両手首を掴んだ。

その指に嵌められているすべての指輪を検め、詰問する。

「このアレキサンドライトの指輪はどこで手に入れた？ それと、親指のブラックムーンストーンは？」

「なんだ、お前は？」

手を振り払われたかと思うと、深く被っていたマントのフードをマクシマに下ろされた。

顎を摑まれて仰向かされる。

「ほう。これはまるで天使だな」

眸を煌めかせたマクシマが尊大な様子で続ける。

「いいだろう。今夜の夜伽(よとぎ)はお前にさせてやろう」

「なにを言っている？」

「対価として欲しい指輪をどれでもやる」

「私はただ、指輪の出どころを尋ねているのだ」

「それも夜伽のときに教えてやる」

「ここで言えないような出どころなのか？　たとえば、まか――」

ふいにマクシマが顔色を変えて、掌できつくアルトの口を押さえた。そして耳に口を寄せてきた。

「今夜、城に来い。日付が変わるころに西門からはいれるように、衛兵に話を通しておく」

一方的に告げると、マクシマは娼婦たちを引き連れて娼館へと繋がる回廊に消えていった。


「俺は反対だからな」

宿屋のふたり部屋を慌ただしく歩きまわりながらラルゴが憤慨した様子で続ける。

「俺のアルトを夜伽に呼びつけるなんて、あり得ねぇだろっ」

「お前のものになった記憶はないが？」

冷めた視線を向けるアルトに、ラルゴが言い返す。

「俺のだろ。中出ししたんだから」

「……私は許可していない」

ベッドに並んで腰を下ろしたラルゴが、当たり前のようにアルトの腰に手を回す。

「今度はちゃんと許可を取る」

その手から逃げて距離を空けて座りなおしながらアルトは冷ややかに拒絶した。

「そんなことは決して起こらぬ」

ラルゴがめげずに間合いを詰めてくる。

「なぁ、まさかマクシマとしねぇよな?」

立ち上がって距離を取ろうとしたが、ラルゴから漂う甘ったるい香りが下腹部に痛いほど響いて、足腰に力がはいらない。腰を後ろにずらしてベッドのうえに逃げる。

「お前には関係のないことだ」

せっかく少し離れたのに、ラルゴが四肢をついて怖い顔で迫ってきた。

アルトの背中が壁にぶつかり、もうそれ以上逃げられなくなると、ラルゴが壁に両手をついて退路を塞いだ。

「しねぇよな?」

ラルゴの香りに巻かれながら詰るように問われて、アルトはつらさのあまり思わずラルゴの頰を平手打ちした。そしてその勢いのまま、まくし立てる。

「思い違いをするな。私はナーハハル様の呪いを解くためにここまで来たのだ。目的を果たすのに手段は選ばぬ。マクシマの所持していた二つの指輪はおそらく魔界のもので、そのことをマクシマは知っている様子だった。魔界に乗りこんだ勇者たちが何者であるかも知っている可能性が高い。……その情報を得るためならば、私はマクシマに身を投げ出すことも厭わぬ」

それは本心だった。

ナーハハルを元に戻し、魔界の秩序を回復させることが、四大悪魔アルト・フォン・サリシォナルとしての務めなのだ。

そして本心であることが、ラルゴにも伝わったのだろう。

「――」

ラルゴが固めた拳で、アルトの背後の壁を思いきり殴りつけた。

「……ラルゴ」

血が滲むほどきつく唇を嚙み締めたラルゴは、もう視線も合わせずに部屋を出て行った。

――傷つけてしまった……。

いまにも追いかけてしまいそうで、アルトはベッドにうずくまる。

こんなふうにラルゴに対して激しく感情が動くのは、彼の精液がまだ体内に残留しているせいなのだ。

だからいっときの気の迷いで、大事な判断を誤ってはならない。

そうわかっているのに、今夜の次第によってはもう二度とラルゴがこれまでのように接してくれないかもしれないと思うと、心臓が激しく引き攣れた。

マクシマに指定されたとおりの時刻に王城の西門を訪れたアルトは、待ち受けていた衛兵に城内へと招き入れられた。

真夜中だというのに城内は警邏の兵の姿が多くあり、物々しい雰囲気に包まれている。

マクシマの部屋の前には十人もの見張りがいた。

案内の衛兵が扉をノックして「夜伽の者をお連れしました」と大声で告げると、見張りの者たちが不躾な視線を投げかけてきた。

舌打ちしたくなるのをこらえながら、アルトは入室する。控えの間を抜けると、中央に天蓋付きのベッドが置かれた部屋が現れる。

マクシマはベッドに横たわっていた。下半身には毛布がかかっているものの全裸のようだ。

無表情のままベッドの横に立つと、アルトはフードを被ったまま腕組みをしてマクシマを見下ろした。

「城内の警備が厳重なのは、眠り病のことがあるせいか?」

仰向けに悠々と身体を伸ばしたマクシマが、うんざりした顔で髪を掻き上げる。

「ああそうだ。外に行くにも護衛に張りつかれて鬱陶しくてたまらん」

アルトは改めて王子を観察した。

波打つ栗色の髪は寝乱れてもつれ、はしばみ色の眸は物憂げだ。かたちのいい眉に高い鼻梁、わずかに腫れた唇。

見た目だけなら一級品であり、愚鈍そうには見えない。

アルトは胸にしていたひとつの仮説を基に、王子に水を向けてみた。

「親兄弟が眠り病にかかって、得をするのはお前なのではないか？」

しかしマクシマは憤りを露わにして上体を跳ね起こした。

「両親や兄たちが眠ったままになって、俺が喜んでいるとでもいうのかっ⁉」

「このままなら国はお前の掌中に収められることになるであろう」

アルトの仮説とは、マクシマがすべての首謀者なのではないかというものだった。

王族たちの眠り病が時間魔法をもちいたものであるなら、ナーハハルを幼くした犯人と同一である可能性がある。

そして魔界の弱体化も王族の眠り病も、マクシマ王子に国王になる野心があるとすれば、彼の強い追い風となる。

「ふざけたことを言うな。俺は生まれてこの方、王になりたいなどと思ったことは一度もない。むしろ八番目で自由気ままにできるのを最高に気に入っている。この顔で王子ってだけでちやほやされて、いいとこ取りだからな。それなのに起きてるのが俺だけだからといって執務を押しつけられそうになったり、今日も女たちとしけこもうとしたところを城に連れ戻されたり、もっとも迷惑をこうむっているのはこの俺だ！」

すごい剣幕で不満を吐き出す王子に、アルトはかすかに眉をひそめた。

とても頭が悪そうだ。

——見た目だけ一級品のまぬけというのは、いるものだからな……。

ラルゴの顔が頭をよぎって納得しそうになったが、追及しなければならないことがあると気を引き締める。

「だが、お前がいま嵌めている指輪のうちのふたつは、魔界から盗み出されたものだ。その説明はどうつける？」

するとマクシマが険しい表情を浮かべた。

「お前こそどうして、指輪が魔界のものだと決めつけているんだ？」

アルトはフードを頭から下ろして、妖しく微笑んだ。

「どうしてだと思う？」

「……まさか、魔界の者、なのか？」

美しい男が恐怖に蒼褪めるのは最高の眺めだ。

「お前が魔界に、勇者と魔道士を送りこんだのではないのか？　そうであるなら、その者たちの名を教えよ。さすればお前のことは大目に見てやろう」

マクシマがきつく目を眇めたかと思うと、アルトの手首を摑んで引っ張った。

突然のことに対処できず、アルトはベッドに引き倒される。

すかさず、マクシマが圧しかかってくる。

「なにを、するっ」

「なにってお前は夜伽しに来たんだろう」

マントを捲られ、上着の前を引っ張られてボタンが飛ぶ。抗おうとしたときにはもう、シャツの裾から手を入れられていた。じかに胸をまさぐられる。

「さっきの話を聞いていなかったのか？　私はお前ごときどうとでもでき……っ、ん」

乳首を指の腹で擦られたとたん、身体がビクビクと跳ねた。

「いい反応だな」

「私は、世界に名の知れた悪魔であるのだぞっ」

「悪魔でも天使でも、どうでもいい。お前は少し――似てる」

熱に浮かされたようになりながらマクシマが囁く。

「一回でいいからヤらせてくれたら、お前が知りたいことをなんでも教えてやろう」

「……」

いまさらながらにアルトは知る。

ラルゴには、情報を得るためならマシクマに身を投げ出すと豪語したが、そんなことはとうてい許容できそうになかった。

触られているところから悪寒が拡がり、鳥肌がたっている。

——こんなにも、違うのか……。

ラルゴに触られるときの蕩けるような感じとは、まったく違っていた。

改めて思い返してみれば、むしろラルゴが特殊だったのだ。

外見のせいで昔から甘く見られ、男から性的対象にされて襲われることがよくあり、その度にこの吐き気がするような悪寒を覚えていたのだ。

そんななかナーハハルは決して不埒(ふらち)なことはせず、アルトのことを護ってくれた。だからアルトは従兄弟という関係以上に、ナーハハルを信頼し、彼を支えようと心に決めたのだった。

「……っく」

キスをされそうになってきつく顔をそむける。

ここはいったんマクシマの動きを封じ、拷問でもして情報を吐き出させるのが良策だろう。そう考えて、電流を流しこむために彼の首筋に触れようとした、その時だった。

廊下のほうが騒がしくなったかと思うと、扉が勢いよく開かれる音がした。床を踏み鳴らして控えの間からひとりの男が現れた。

ケープのついた青い司祭服の胸元に、まっすぐな白金の髪がかかっている。眸は淡い紫色で、中性的で繊細な美貌の持ち主だ。

そしてその額には、しずく型の黒い宝玉が嵌まった額飾りをつけている。

くだんの大司教に違いなかった。

彼はベッドのうえのふたりを目にしたとたん足を止めて、長い睫を震わせた。

マクシマがアルトに覆い被さったまま身を固くする。

「イムヌス、これは……その、違う」

しどろもどろになるマクシマの下腹部では、陰茎が露骨に腫れていた。

イムヌスの顔色がどんどん青白くなっていく。優しげな微笑を張りつかせたままなのが、かえって見る者の背筋を凍らせる。

「女性ならば大目に見ると、幾度も申してきたはずですが」

抑制が利きすぎた声音で静かにイムヌスが続ける。

「そんなに少年がお好きですか」

「だから違うんだ」

「いつもそのような外見の少年ばかり……」

アルトはうんざりして溜め息をつくと、マクシマの下から出ようとした。

「痴話喧嘩は私のいないところで好きなだけするがよい」

イムヌスがすっと両手で口元を隠した。アルトは怪訝な顔でその様子を眺め――ハッとしたときにはすでに手遅れだった。

イムヌスの額飾りの黒い宝玉が魔力に反応して煌めく。イムヌスは吹き矢を飛ばすように、すぼめた唇から魔法を鋭く放った。

一瞬にして魔法の靄に包まれたアルトは、時計の針の音を聞いた。

それは次第に速まっていき、ついにはキーンという耳鳴りのようになる。高速で進んでいるかのような圧を身体に感じ、息もまともにできなくなる。

反撃の魔法を唱えようとするものの、舌が重くてうまく動かせない。

意識が霞みそうになるなか突如、なにかが破壊される音が響いた。それと同時に、圧と耳鳴りが消える。

「う……く」

自分に被さるマクシマの身体が、投げ飛ばされたみたいに消えた。

強い光を放つ翠色の眸が覗きこんでくる。

「――アルト、だよな？」

どうしてラルゴがここにいるのか。どうしてわざわざ妙な確認をしてくるのか。

訳がわからないままアルトは頷く。

「もう大丈夫だからな」

なにかいつもより丁寧な手つきで、ラルゴに両腕で身体を抱き上げられた。

「ラルゴ殿、早く回廊へ！」

イムヌスに剣を向けたバッソが強く声を張る。

ラルゴが壁のほうへと走りだす。そこに置かれているマホガニーのクローゼットの扉は外れていて、ぽっかりと暗闇が口を開いていた。

闇の回廊が部屋に繋げられているのだ。

アルトを抱きかかえたラルゴがそこに飛びこみ、バッソも続く。回廊のなかではリフがカンテラを手にして待ちかねていた。

撤退しながら、リフが後ろを振り返りつつバッソに尋ねる。

「追ってきたりしないよね？」

「それは大丈夫でしょう。人間だけでこの回廊にはいれば、身体がバラバラになりますから」

回廊を抜けて王家の霊廟のなかに出て、ようやくひと息つく。

ラルゴがやけに丁重にアルトを床に下ろした。なにか窮屈さを覚えて自分の身体を見下ろしたアルトは思わず小さく声をあげた。

衣類の袖や裾が足りなくなっていて、手首やくるぶしが露出している。指もすらりと伸び、見慣れている自分のものとは違っていた。

動顛するアルトの前に正座をしたリフがまじまじと見詰めてくる。

「あの……本当にアルト様だよね？」

「――私は、どうなっているのだ？」

問うと、ラルゴが霊廟に供えられている副葬品の手鏡をもってきて、恭しい手つきで差し出してきた。受け取るときに目が合うと、ラルゴがなにか困ったような顔をして視線を逸らした。

アルトは手鏡を覗きこみ――危うく鏡を落としそうになった。

「これ、は……」

鏡に映るものを信じられず、自分の顔を手指で辿る。

骨格は確かに少年のものとは違っていた。

「私なのか？」

人間換算で二十歳過ぎに見える鏡のなかの玲瓏な青年に問いかける。

「あの額飾りをしていた男が大司教でしょうか。彼が時間魔法をもちいてこのようなことを？」

バッソの言葉に、アルトの止まっていた思考が回りだす。

「そうだ。イムヌスは強力な時間魔法をもちいて、私の時間を進めさせた。……おそらく、ナーハハル様に呪いをかけたのも、イムヌスであろう」

「大司教みずから魔界に乗りこんだってことか？」

半信半疑の様子で首をひねるラルゴの言葉に被せるように、リフが緊張した面持ちで打ち明けた。

「勇者パーティの片方が、イムヌスなのは間違いないよ。同じ匂いがした」

アルトは思わず膝を進めてリフの肩を摑んだ。

「それは間違いないのか？」

急速に赤面してモジモジしながらリフが言う。

「本当だよ。もうひとりの匂いも、さっきしてた」

「……ほかにあの部屋にいたのは、マクシマ王子だけだったが？」

「うん。王子が勇者パーティのもうひとりだよ」

驚きに沈黙が落ちたのち、ラルゴが指摘する。

「いやでも、酒場でマクシマ王子の匂いを嗅いだときはわからなかったのか？」

それにはバッソが答えた。

「酒場にはいる直前までリフ殿は激辛ケバブを食していて、鼻が利かなくなっていたのでしょう。私が何度も洟をかませましたから間違いありません」

「なるほどな」

肩透かしなほど、あっさりと勇者パーティの素性は割れた。

イムヌスは時間を止めたまま、マクシマとともに城を出て魔界に赴いたのだろう。それだけの魔法を使えるということは、人間離れした魔導の能力を有していることになる。

「でも、いったいなんの目的で魔王様に呪いをかけたの？」

「魔界の宝が目的だったのでしょうか？」

「マクシマは王位を狙って、親兄弟をイムヌスに眠らせたわけか？」

リフとバッソとラルゴが口々に言って首を傾げる。

アルトも首を傾げながら呟く。

「マクシマはむしろ、王位には就きたくない様子だったが」

「んー、そうなのか。ますますわからねぇな」

「アルト様に成長するように時間魔法をかけたのも不思議ですね。戦力を奪う目的ならば幼くしたほうがいいでしょうに」

言われてみれば、確かにそうだった。アルトはすんなりと伸びた自分の手足を見て——思わず頬を緩めてしまう。これまでさんざん成長の遅さを気に病んできたのだ。

この時間魔法に関してだけは、イムヌスに感謝したいぐらいだった。

「これからどうしましょうか？　王子と大司教を敵に回すとなると、フィオリトゥーレンに滞在するわけにはいかないのでは」

「そうだな。こちらの顔も割れてしまった。滞在はトリトヌスにしたほうがよかろう」

そのように決定し、アルトは指笛を吹いてソナチネを霊廟へと呼び寄せた。馳せ参じたソナチネはアルトの姿を目にして怯んで足踏みをしたが、すぐに主人だと理解してくれた。

トリトヌスへと闇の回廊を進みながら、アルトはいまさらのようにラルゴと喧嘩別れしていたことを思い出す。いくらか気まずさを覚えて咳払いをしてから、ラルゴに話しかけた。

「しかしどうやって、マクシマの部屋に闇の回廊を繋げたのだ？」

「リフに頼んで掘り進めてもらった。ほら、キツネは掘るのが得意だからな」

カンテラを手に先導しているリフが振り返る。

「あのお城は闇の回廊が木の根っこみたいに蔓延ってるから、さっきの部屋まで繋げるのもそんなに大変じゃなかったよ」

「そうであったか」

照れ隠しに難しい顔をしながら、アルトは三人に告げた。

「お陰で助かった。お前たちに礼を言う」

9

トリトヌスにアルトたちが戻ると、大悪魔の再訪に街は沸いた。アルトが成人の姿になっていることについては、悪魔にはそのような能力があるのだと嘘をついたら鵜呑みにしてくれた。

街を取り仕切る豪族が邸に泊めてくれることになり、また衣服も街で一番の仕立屋が採寸のうえ新調してくれることになった。

泊まる部屋はひとりひと部屋ずつ用意されたが、アルトは自分の部屋にはいるときにラルゴの手首を摑んで引きこんだ。

「……湯浴みをともにしよう」

ラルゴときちんと仲直りをしたい気持ちがあり、また彼の体液を取りこんだ後遺症の処置も必要だったため、アルトなりに誘ったつもりだった。

当然、喜んでくれるものと思ったのだが、しかしラルゴは目が合いそうになると慌てて視線を逸らし、浴室内では全裸同士で身体を洗わせてやったにもかかわらず、性的な行為をしてこようとしなかった。

挙げ句の果てに、湯浴みを終えて寝衣を着ると、自分の部屋に戻っていこうとすらした。

その頃にはアルトも不安が嵩み、ラルゴの腕を摑んでベッドに引っ張っていき、押し倒した。こうして完成しきった身体になってすら、ラルゴの身体はアルトよりひと回り大きい。

だが、そこまでしてもラルゴは手を出してこようとしなかった。

それどころかひどく悲しげな顔つきで目を伏せている。

アルトは覆い被さったままラルゴを凝視し、彼の不自然さがどこから来るものかを考え、答えに行き着いた。

「そうか。少年の姿の私にしか興味がないのか」

成人した姿では食指が動かないというわけだ。

軽蔑したまなざしを向けると、ラルゴが激しく首を横に振った。

「ち、違うっ！」

「どう違うというのだ」

ようやくラルゴがまともに視線を合わせてくれた。

しかしやはり、悲しそうな蔭(かげ)が眸を濁らせている。

「あんたのこの姿は、本当は何年後のものなんだ？」

「千年後には自然な成長でもこのぐらいにはなるであろう」

「千年………か」

いったいラルゴはなにに拘っているのか。

苛立ちながら見詰めているうちに、ラルゴの眸が濡れだす。

「っ、言いたいことがあるのならはっきりと告げよ」

どうせくだらないことを考えているに違いないのだ。

ラルゴが下から両手を伸ばしてきて、アルトの頬を包みこむように挟んだ。

「俺は——千年後のアルトも、二千年後のアルトも見たい。ずっとずっと近くで、見ていたい」

ついに溜まりきった涙がエメラルドの眸からこめかみへと流れた。

「でも俺は、消滅する。ずっとアルトの傍にいられない。……それが、つらくて、苦しい」

「——」

インキュバスは淫らな欲望というエネルギーを摂取できなければ消えてしまう、儚い存在だ。それが大悪魔の傍にずっといたいなど、おこがましくて図々しい。

……そう思うのに、くだらないことと笑い飛ばすことがアルトにはできなかった。

——ラルゴが消滅する……いなくなる。

想像するだけで、心臓が揺り潰されるかのように痛む。

いてもたってもいられない焦燥感に衝き動かされて、アルトは思わず顔を伏せた。

ラルゴの唇に唇をきつく押しつけていることに、そうしてから気がつく。

――私は……。

いったい、どうしたいのか。なにを望んでいるのか。

唇をわずかに離すと、甘い吐息とともに本心が漏れ出た。

「お前は私が生かす。何千年でも生かす」

驚きと戸惑いの表情をラルゴが浮かべる。

「……いやでも、インキュバスがそんなに生きたなんて話は聞いたことねぇし」

「前例など必要ない。この私がそうすると誓っているのだ」

尊大に言いきると、ラルゴが睫を震わせて、目からさらに涙を溢れさせた。

「四大悪魔、アルト・フォン・サリシォナル公爵が誓ってくれんのか」

「そうだ。不足はあるまい」

ラルゴが身震いして、また視線を逸らした。

その顎を摑んで顔を覗きこみながらアルトは詰問する。

「まだなにか不満があるのか？」

するとラルゴが真顔で言ってきた。

「美人すぎてヤバい」

我ながら成長しきった姿は美しく、この表現は使いたくないが、天上の熾天使（してんし）と並んでも遜色がない自信がある。

「ならば、よく見ておくがよい。イムヌスを討伐したら元の姿に戻るのだからな」

促すと、恐る恐るの様子でラルゴがこちらを見上げてきた。そして激しく身震いして呟いた。

「目が合うだけで、イきそ」


インキュバスというものは淫らだ。

そもそも性欲と食欲とが一体化しているのだから、貪欲で当然なのだが。

「っ……く、ふ」

アルトは仰向けで裸体を丸められた苦しい体勢で、自分の脚の狭間に顔を埋めている男を見上げる。その長い舌は粘膜のなかに差しこまれ、飽くことなくくねりつづけている。

そうしながら、片手でアルトの陰茎を嬲り、もう片方の手で乳首をやわやわと捏ねる。

三ヶ所の刺激で内壁がわななきだすと、ラルゴが目を細めて顔を見詰めてくる。そうして、内壁の凝りを舌先で強くくじった。

「ぁ…、っ、ああ」

宙に上げさせられているアルトの脚が引き攣れて、ガクガクと震える。

陰茎から精液が漏れるように垂れて、胸元の、すでに白濁の液溜まりができているところへと落ちていく。

もう何度果てさせられたのかわからなかった。

けれども欲望が少しも目減りしていかない。それどころか、まだ足りないと焦れるように感じている自分がいて、アルトは惑乱する。

ぬるんと後孔から舌を抜かれると、それだけでまた茎がくねって白い蜜をピュッと漏らす。

アルトの脚のあいだに腰を入れながらラルゴが上体を伏せる。

そして搾り溜めた体液に舌なめずりする。

「いただきます」

うまそうに胸を舐めまわす男の髪に、アルトは乱れた呼吸をかける。

——私がラルゴを生かしている……。

旅に出てからというもの、ラルゴはアルトの体液以外摂取していなかった。彼は生殺与奪権を与えてくれていたのだ。それはどれだけ覚悟のいることだっただろう。

なにか泣きたいような気持ちになりながら、アルトはみずから胸を差し出すように背を弓なりにした。

そうするとラルゴが嬉しそうに舌の動きを浅ましくする。その舌が尖っている乳首に当たる。

「ふ、ぁ」

身体がビクビクと跳ねてしまう。

ラルゴが上目遣いに顔を覗きこんできながら、乳首を咥える。

「──ん…」

粒を吸われて、アルトは両手でラルゴの髪を摑んだ。

下半身をまるで性交するみたいに噛み合わせたまま、ラルゴが切なげに腰を蠢かす。脚の狭間に岩のようにゴツゴツと硬くなっている陰茎を擦りつけられて、乱される後孔の襞がヒクつく。そのヒクつきは乳首を吸われるごとに忙しなくなり、ついには身体が大きく跳ねた。

性器から薄い体液を漏らしながら、アルトは会陰部に重ったるい粘液をぶつけられていくのを感じる。

しかしラルゴの幹はまったく緩まず、はいる場所を求めるかのようにくねりつづける。

胸に、つらそうな吐息がかかる。

──……楽にしてやりたい。

朦朧と思いながら、アルトは腹部に疼痛を覚える。まだ満たされていない想いがそこにあった。

逡巡を覚えながら小声で尋ねる。

「……ラルゴ、本当なのだな?」

「なにがだ?」

「私の体液以外、摂取しないと前に言っていただろう。あれのことだ」

こんなことを確認するのはまるで、ラルゴに執着して束縛しようとしているかのようだ。

「当たり前だろ」

迷いなく返されて、頬がひび割れそうなほど熱くなる。

「もし誓いを破ったら、肉片も残らぬぐらい切り刻む」

「だから破らねぇって」

宥めるように言われて頭を撫でられる。

「どうしたんだ、急に。なにがそんなに心配なんだ?」

「心配などしておらぬ」

「うん」

「お前を生かすも殺すも、私次第だ」

「うん」

「……うんしか言えぬのか」

棘(とげ)のある声で指摘すると、ラルゴが我に返ったように瞬きをした。

「悪い。見惚れてた」

　ラルゴの言葉は胸にすうっとはいってきて、安堵が拡がる。本当にただ見惚れていたのだと感じられる。

　それはアルトにとっては稀有なことだった。

「……お前なら、よい」

　心を決めて許可するのに、ラルゴが「なにがだ？」と首を傾げる。

　いつも厚かましいくせに、肝心なときにはずいぶんと察しが悪い。

　アルトはラルゴの下腹部へと手を伸ばすと、硬く腫れているものを握った。そしてそれを、自分の脚のあいだへと引っ張る。

「――アルト？」

　先端をヒクつく襞に押しつけられて、ラルゴが目を見開く。

「よいと、言っている」

　ようやく理解が及んだらしく、ラルゴが胸を大きく波打たせた。

「本当に……本当か？」

　もう答えずに、アルトは身体を繋げようと試みる。舌でほぐされたうえに、脚の狭間はラルゴの体液でぬるついている。だから押しこめるだろうと思ったのだが、しかし開きかけた襞が怯えたように閉じて男を弾いてしまう。

「ん…」

もう一度、力まかせに挿入しようとするとラルゴの手が後孔へと伸ばされた。

「そんな乱暴にするもんじゃねぇだろ」

諭されながら指でやわやわといじられれば、襞がほぐれてヒクつきだす。そこに指を通されて内壁を捏ねられる。気がついたときには三本の指を入れられていて、恥ずかしいほど体内が蠕動しだす。

「こんなやらしいとこに挿れたら失神しそうだな」

揶揄するラルゴを、アルトは涙目で睨みつける。

「いやらしいのはお前だろう。……お前のせいだ」

「うん、俺のせいだな」と嬉しそうにラルゴが返して、指をゆっくりと引き抜いた。

そうして、両手の指で襞をめくるように開く。粘膜がわななき、咥えるものを欲しがる。

アルトは深呼吸をすると、ラルゴの陰茎を握り、そこにくっつけた。

襞が亀頭を包み、呑みこもうと蠢く。

「ん……は――」

しかしやはり自力では受け入れきれない。

「ラルゴ」

弱りきって、素直に頼む。

「挿れよ」

ラルゴがぶるりと身震いをして、その言葉を待ちかねていたかのようにアルトの内腿を摑んで割り拡げ、腰に力を籠めた。

丸く拡がりきった襞を、ズズ……と張った部分が通り抜ける。さらに奥の粘膜まで引き伸ばされていく。

「ぁ……ぁ……、ん——っ」

想像していた以上に苦しくて、粘膜が小刻みに引き攣れる。しかし、自分に覆い被さる男もまた、ひどくつらそうな表情を浮かべていた。見れば、全身の筋肉が浮き立っている。

「きつくて、揺り潰されてる…っ」

訴えるラルゴにそそられて、苦しさのなかから甘い疼(うず)きが起ち上がってきた。

「奥まで来るがよい」

囁きかけると、ラルゴが眉間の皺を深くしながら、なんとか捻じこもうと窮屈そうに腰を蠢かす。褐色の肌に汗が浮き出て、細く流れる。

アルトは後ろで肘をついてわずかに身を起こすと、しっかりした首筋を伝う汗を舐めた。

その汗はラルゴの香りがして、舌が蕩けるほどに甘美な味がした。おそらく汗にも強い催淫効果があるのだろう。目眩がしたかと思うと、繋がっているところに爛れるような熱が生じた。

「ぁあ、ふ……ぁ」

留まっていられなくて、身体がくねる。

「っ、なか、どうなってんだ。絡みついて、吸いついてくるっ」

ラルゴが上擦った声で言いながら、残りの性器をずぶずぶと埋めこんだ。

あまりにも長くて、しかも際限なく膨らんでいくものに、アルトの身体は痙攣を起こす。

まるで繋がった部位から電流を流しこまれているかのように、ラルゴもまた身体を引き攣らせた。そしてそのまま腰をガクガクと跳ねさせる。

「アル、ト——っく、うう」

体内の深いところに熱い粘液を叩きつけられて、アルトは眸を震わせた。全身の肌が粟立ち、自覚しないまま陰茎から白濁を噴く。

声も出せずに喘ぐ唇に、ラルゴの舌がはいってくる。

その舌を懸命に吸う。

——おかしくなる……。

もう無理だと思うのに、体内のラルゴのものはまったく緩まず、むしろさらに硬度と体積を増していた。

ラルゴが低く呻きながらゆるゆると腰を遣い、放ったばかりの種液を深い粘膜になすりつける。

——これ以上は、ならぬ。

頭ではそう判断しているのに、アルトはみずから腿を淫らに開いて粘膜で男に吸いついた。


飛んだ意識が戻ってきて目を開くと、鼻先がつきそうな距離にラルゴのだらしなく弛緩した顔があった。

そしてラルゴが、まるで自分のほうが抱かれたみたいに照れながら言ってくる。

「凄かった……」

アルトは眉根を寄せて、激しすぎる羞恥を誤魔化すために八つ当たりを口にした。

「なにもかもお前のせいだ。勇者を討伐したら、インキュバス族を殲滅する」

「ええっ」

本気で蒼褪める男に呆れつつ、みぞおちのあたりがぬくもる。

「……まぁ、お前が私の機嫌を取れているうちは、見逃してやろう」

ラルゴが安堵した顔で抱きついてくる。

——まるで子供だ。

苦笑しながらそう思ったものの、改めて考えてみれば、自分は二千年以上生きているが、ラルゴはまだ十数年しか存在していないのだ。

アルトは溜め息をついて、銀の髪を撫でる。

するとラルゴが抱きついたまま小声で告げてきた。

「あんたと俺じゃ背負ってるものが違うのはわかってる。俺はただ、あんただけを背負う。なにがどうなっても、俺だけはあんたの味方だからな」

「……いちいち大袈裟なことを」

さらりと流したふりをしながら、もしかするとこの二千年あまり、そんな言葉を求めていたのかもしれないと思った。

トリトヌスとフィオリトゥーレンは闇の回廊を通れば徒歩で小一時間の距離であり、しかもソナチネで駆け抜ければあっという間だ。

だから四人は毎日のように王都に通い、情報収集に努めた。滞在先をトリトヌスにしたのは大正解で、フィオリトゥーレンではイムヌスに直接目撃されたアルトとラルゴとバッソの絵姿入り指名手配書が回っていた。

闇の回廊は、人の心の闇へと、まるで木の根のように這い進む。

フィオリトゥーレンには網目のように回廊が通っており、しかも王城は特に太い回廊がいくつも発生していた。

要するに王族からして性根が腐っていて、それにより民の心は荒んで治安が悪化しているわけだ。

重税はもとより、男たちは城の増築などに無償で駆り出され、作業中に死傷してもなんの補償もない。また王や王子たちが市井の娘たちを召しかかえて夜伽を強要するのが当たり前になっていて、しかも城から帰ってこないまま行方不明になる娘も数知れないという。

「知れば知るほど、胸くそ悪ぃ。魔界より魔界だな」

今日も闇の回廊を歩きながら、純粋なラルゴはしきりに腹を立てている。

「こんなのを魔王様は見て見ぬふりしてたのか？」

「ナーハハル様のお務めは、魔界を繁栄させること。闇のエネルギーは人間界から供給されているのだから、よけいな介入はせぬ」

「それにしたって……」

「基本的に人の世に介入するのは、トリトヌスの子供たちのように人間側が望んだときだ。今回は、イムヌスとマクシマがナーハハル様に害をなしたゆえの特例なのだからな」

ラルゴを窘（たしな）めて、アルトは丸窓を示した。

「王の執務室をここから覗ける」

こちら側からは窓に見えるが、向こう側からは壁にかけられたただの鏡に見えているのだろう。鏡は魔界との境目となる。だから人間は、鏡に映る自分の姿にはよく気をつけなければいけない。もしそこに違う表情を浮かべている自分がいたら、それは心の闇に、魔物が手を伸ばしてきている証拠なのだ。

「マクシマがソファで伸びてるな。床にゴロゴロ転がってんのは酒瓶だよな」

目覚めている王族はマクシマだけだから王の代理として執務をしなければならないのだが、享楽的な末の王子には荷が重すぎるらしい。

「アルトが言ってたとおり、マクシマは別に国王になりたいわけじゃなさそうだな。ほかの王族を眠らせたのがイムヌスだとすると、あいつ主導ってことか？　けど、そこまでしてマクシマを国王にする理由ってのは……」

ラルゴがブツブツ言いながら首をひねっていると、執務室にイムヌスがはいってきた。

彼は床に転がっている酒瓶を見回して眉をひそめると、呪文を唱えながら手で握り潰す仕草をした。一瞬にしてすべての酒瓶が跡形もなく消え去る。

「うわ、あんなこともできんのかよ。俺たちのことも消せたりすんのかな」

ラルゴが身震いしてからアルトに「いまの、あんたもできんのか？」と訊いてくる。

「あのような手品レベルの魔法など使わぬ」

「……」

「なにか言いたいことがあるのか？」

「いや、アルトの魔法は大味――じゃなくて大技がメインなんだったな」

ラルゴが取りなすように言って執務室へと視線を彷徨わせ、目を見開いた。

なにごとかとアルトも部屋を覗きこむ。

イムヌスがソファの背もたれに手をついて、眠るマクシマへと上体を深く伏せていた。

白金の髪で隠されているためよく見えないが、口づけをしているように見える。

「あいつら付き合ってんのか？」

マクシマがアルトを襲っているところを目撃したときの、ふたりのやり取りをアルトは思い出す。

『イムヌス、これは……その、違う』

『女性ならば大目に見ると、幾度も申してきたはずですが。そんなに少年がお好きですか』

『だから違うんだ』

『いつもそのような外見の少年ばかり……』

そうしてイムヌスは、アルトの肉体の時間を加速させたのだった。

「少なくとも身体の付き合いはあるみたいだぜ」

ラルゴに肘でつつかれて再度、執務室を覗きこむと、今度はイムヌスはマクシマの下腹部に顔を伏せていた。イムヌスが耳に髪をかけると、反り返った陰茎をしなやかな指遣いで愛撫するさまと、亀頭に舌を這わせているさまが露わになった。

唾を飲んでその行為を凝視するラルゴを、アルトは冷ややかに横目で見る。

「興奮しているのか?」

「するだろ。イムヌスって少しあんたに似てるから」

「……人間ごときが私に似ているなど」

とっさに否定しようとしたが、確かにいまの自分の姿といくらか重なるところはあるかもしれない。

——イムヌスはマクシマに恋情をいだいているが、マクシマは同性は少年しか対象にしない。だから私の年齢を増やして、少年の見た目ではなくしたわけか？

しかし、現にイムヌスはマクシマと性的な関係にはある。

どういうことかと考えながら、アルトは執務室の瀟洒(しょうしゃ)な置き時計に目をやり、腑(ふ)に落ちた。

「イムヌスの弱点を見つけたぞ」

耳打ちすると、口淫に見入っていたラルゴが飛び上がって驚いた。

「え、どういうことだ？」

「あの机のうえにある時計を見よ」

ラルゴが目を凝らし、ハッとする。

「秒針が止まってる」

「そう、わざわざ時間を止めて行為に及んでいるのだ。おそらくマクシマはこのようなことをイムヌスにされているとは知らない」

「……時間停止は男のロマンだな」

羨ましそうに呟いたラルゴが、アルトにゴミクズを見るような視線を向けられていることに気づいて咳払いをする。

「それで、弱点ってのは要するになんだ？」

「イムヌスはマクシマに密かな想いをいだいていて、時間を止めてはいまのように弄んでいるのだ。おそらくイムヌスにとって、マクシマへの想いも行為も決して知られてはならぬものなのだろう」

ソファに横たわるマクシマが露骨に腰を跳ねさせると、イムヌスは顔を上げて喉を蠢かせた。

そしてマクシマの衣類を整えると、まるでなにもなかったかのようにマクシマの肩を叩いて、彼を起こした。机のうえの時計は、すでに時を刻んでいる。

快楽の名残りに紅潮したままの顔でマクシマが目を開ける。

「ああ、イムヌスか」

「これからは執務室での飲酒は禁じます」

「堅いこと言うなよ。そういえば、あいつらはどうなった？」

「マクシマ様が手籠めにしようとした者の一味は、賞金首にしましたが、いまだ足取りは摑めていません」

「なぁ、本当に魔界の奴らだと思うか？」

「クローゼットを異次元に繋げていたようですし、指輪が魔界のものと知っていたからには、間違いないでしょうね」

穏やかな口調と表情でイムヌスが返す。

「よくそんなに落ち着いていられるな。俺たちに復讐するために追ってきたってことだろう?」

イムヌスがふわりと微笑む。

「心配はいりません。彼らの狙いはあなたではなく、魔王に魔法をかけたわたくしでしょう」

イムヌスの言葉に、マクシマが眉を曇らせて身を起こす。

「イムヌスは危ないってことだろう」

「まともに反撃もしないで逃げ出した木っ端魔物など、わたくしの敵ではありません」

思わず唇を噛むアルトの横で、ラルゴが「中身もちょっとアルトに似てるな」とニヤっく。

「それよりマクシマ様、書類に目を通してサインをされましたか?」

問われて、マクシマがうんざりした顔をする。

「あとでやる」

「あととはいつですか?」

「んー、店で軽く息抜きをしてきてからかな?」

「また娼館に行くつもりですか。これまでと同じように振る舞われては困ります」

「昔っからイムヌスは大袈裟だな。王代理ではあるけど、親父たちが目を覚ますまでのことだろう。それで、眠り病の治療法はわかったのか？」

「治療の目処はいまだに立っていません」

「じゃあ、俺はいつまで王代理をするんだ？」

腕組みをしてイムヌスが言い渡す。

「マクシマ様には、代理ではなく、国王になっていただきます」

「えっ⁉　いや、そんなの誰も納得しないだろう。俺は八人の王子のなかでもダントツで評判が悪いんだからな」

「評判など簡単に覆せます。マクシマ様とわたくしとで、魔界の王を弱体化させたことを民に公表するのです。勇者が魔王討伐に成功したという噂を流しておいたので、民の関心は高まっています。マクシマ様以外の王族が眠りについたのは、彼らが魔王と与していたためと考える者たちも出てきているほどです。マクシマ様は勇者として、讃えられることになるでしょう」

「……いや、魔界まで行ったのは本当だけど、俺はただお前と気ままな旅をしていただけで、勇者と言われるようなことはなにもしていない」

「わたくしは初めから、マクシマ様を勇者にするために魔界にお連れしたのです」

「そんなこと聞いていないぞ」

「勇者だと公表すれば、いま以上にちやほやされますよ」

「……それは、いいな」

「そうでしょう。だからまずは、あの机のうえの書類の束に目を通してサインをしてください」

優しげに微笑しながら言うと、イムヌスは執務室を出て行った。

マクシマが慌ててソファから立ち上がり、閉じられた扉に飛びついて開けようとする。

しかし金のノブはガチャガチャ鳴るばかりで回らない。

「イムヌスっ、また閉じこめたな！」

そんなマクシマを眺めながらラルゴが訊いてくる。

「なぁ、王族を眠らせてるのはイムヌスなんだよな？　でもマクシマはそれを知らねぇってことか？」

「そのようだな」

イムヌスはマクシマを国王に据えることを画策して、勇者という箔(はく)をつけさせるために魔界に連れ出した。そして勇者の魔王討伐の噂が浸透したころを見計らって王族たちを眠らせたわけだ。実に用意周到で、効果的なやり口だ。

クエールは、去年イムヌスが大司教になってから王都の治安がさらに悪化したと言っていた。

それを王族たちに咎(とが)められでもして、幼馴染みで政治になどまったく興味のないマクシマを代わりに王にすることにしたのだろうか。

アルトは考えを巡らせながら室内を見やる。

扉に背を押しつけたマクシマがずるずるとしゃがみこみ、ついには床に尻をついた。

そうして額に掌を押しつけて、目を眇める。

「勇者で王様でないと、お前にとって価値がないのか？」

宙に向かって問いかける王子は、世で言われているほど愚鈍には見えなかった。

アルトは円形の枠のなかへと手を伸ばす。

通常なら闇の回廊から見えていれば抜けられるはずだが、しかし手が見えない壁に阻まれた。

「部屋ごと聖なる結界が張られているようだな」

イムヌスは自分の宝が傷つけられないように厳重に護っているわけだ。

「本人は闇属性っぽいけど、大司教だけに聖の魔法も使えるわけか。厄介だな」

「なにが厄介なものか。あの大司教に、おのれが木っ端魔道士であることを思い知らせてくれよう」

そう強がりながらも、簡単な敵ではないと、聖なる結界で火傷した手指で拳を握り締めながらアルトはまなざしを険しくした。

その日、王都フィオリトゥーレンの王城前広場は群衆で溢れ返っていた。

アルトたちもマントのフードを被った姿でそこに紛れた。

荒んだ表情の民たちが、苦い顔で言い合う。

「大司教からの告示ってなんだと思う？」

「王様たちが目覚めたとかか？」

「いや、王様たちが死んだのかもしれねぇぞ」

「それはそれで別にいいけどな。当代になってから、生活が苦しくなるばっかりだったしな」

「三年前に流行り病で大量に人死にが出たときだって、城門を閉めたままで王都民は見殺しだったもんな」

「あー、あの時、城には薬が腐るほどあったんだって？」

「その薬がありゃあ、うちのかみさんだって助かったかもしれねぇのによ」

「王子たちだってろくでもないさ」

「うちの娘は五年前に、侍女にって召し上げられてそのまま行方知れずなのよ」

「うちの旦那は城の増築に駆り出されて、片腕がなくなって帰ってきたってのに、見舞い金もなしだったよ」

ひとびとの嘆きが次第に大きなうねりとなっていくなか、半円型に大きく突き出した城のバルコニーに、イムヌスとマクシマが現れた。

静粛を求めるラッパが吹き鳴らされると、民衆は静まり返った。

「この国の大司教として、神の御名において本日は重大な報告をいたします」

魔導の力をもちいて声を拡散しているのだろう。イムヌスの声は天から降ってくるかのように聞こえた。

「この数十年のあいだ、我が国は数々の災いに苛まれ、失意の底にありました。わたくしは大司教として、その災いをどうすれば払うことができるのかを懸命に探してまいりました」

唄うように穏やかな声音が続ける。

「そもそも、なにが災いの原因となっているのか？」

問われたひとびとは口々に「民のことを考えない贅沢三昧な王のせいだろ」「王妃が王を操ってるせいだ」「王子たちが好き放題して神様を怒らせたんだ」「大司教が呪いでもかけてるんじゃねぇのか」と呟いた。

イムヌスの声が神々しく降ってくる。

「すべては魔王のせいだったのです」

淡い紫色の眸が、群衆をゆっくりと見回す。

「魔王の干渉により、王族は心ない振る舞いを繰り返していました。王都フィオリトゥーレンは魔界の飛び地として、魔王の支配下に置かれようとしていたのです。かつてトリトヌスの者たちが魔王に洗脳され、おぞましい魔都市を生み出したように」

どよめきが拡がっていくなか、アルトはフードの下から瞬きもせずにイムヌスを睨め上げつづけていた。

「わたくしが真相をマクシマ様にご報告したところ、マクシマ様はこの国を救うために驚くべきことをわたくしにおっしゃいました」

その時の感動を思い出したかのように、イムヌスは重ねた両手で胸を押さえた。

「魔王の力を削ぐために、みずから魔界に乗りこまれると！」

ひとびともまた無意識のうちに、イムヌスの真似をして胸を手で押さえる。

「わたくしも微力ながらお力になれるかもしれぬと、マクシマ様に同行させていただくことにしました。そしてマクシマ様はお言葉のとおり、魔王を弱体化させることに成功されたのです。わたくしがつけているこの額飾りは、魔界に乗りこんだ折に魔王より取り上げたもの。この手にしている杖もまた、魔界からもち返ったもの。これらが魔王の絵姿に描きこまれているのを、あなたがたも見たことがあるでしょう」

イムヌスが黒い杖を高々と挙げると、民衆がドッと沸き返り、興奮に足を踏み鳴らした。

誰かが叫んだ。

「勇者マクシマ様！」

イムヌスが優美に頷く。

「そうです。マクシマ様こそが勇者であらせられるのです」

マクシマの背にイムヌスが手を当てて微笑む。

「マクシマ様の勇敢なおこないにより、魔界からの悪しき影響は弱まり、我が国は聖なる光の御国となるのです」

そしてイムヌスは民衆を見渡し、声を張る。

「わたくしは問います。その御国を束ねるのにもっとも相応しいのは、誰であるかを」

ひとびとが叫び答える。

「マクシマ王子だ！」

「勇者マクシマ王子を、我が国の王に！」

「マクシマ王子、万歳っ」

「勇者王に栄光あれ」

アルトが広場を離れると、ラルゴとリフとバッソはそれに従った。

ラルゴが「あそこでアルトが殺し合いをさせねぇか、冷や冷やしたぜ」と軽口を叩く。

いったんトリトヌスへと戻るために霊廟に向かおうとすると、背後から「待てよ！」と険しい声音で呼び止められた。振り返ると、クエールが蒼褪めた顔でアルトたちを睨んでいた。

「なにもかも、あんたたちのせいだったんだな」

リフが慌てて取りなそうとする。

「さっきイムヌスが言ってたのは、嘘なんだよ！」

「触るなっ、魔物っ」

クエールに突き飛ばされたリフが尻餅をつく。

怒りに震えながら、クエールが涙を溢れさせる。

「俺は敵の手助けをさせられてたんだ！　俺の姉さんが城に召されたまま帰ってこなかったのも、魔王のせいだったんじゃないか！　俺は……もしかすると姉さんが別の土地にいるんじゃないかって、捜して歩いてたのに」

トリトヌスという旅人にとって危険な地に足を踏み入れたのも、姉を捜してのことだったわけだ。

走り去るクエールの後ろ姿を、アルトはひそかに唇を噛み締めて見詰めていたが、踵を返して霊廟へと強い足取りで向かった。

「クエールは生け贄用の地下牢(ちかろう)で、親切にしてくれたんだよ？　それなのに、あんな嘘を信じるなんて酷いよ。イムヌスが言ってたトリトヌスの話だって全然違ってた」

　トリトヌスの豪族の邸、アルトの部屋の床に膝をかかえて座ったリフが手の甲で涙を拭う。

　隣に正座をしてリフの洟をかませてやりながらバッソが暗い声で言う。

「人間とは納得しやすいように話を作り替えるものなのかもしれませんね」

　ソファにラルゴと並んで腰掛けているアルトは、眉間に皺を寄せつづけていた。

「不都合があれば、自分以外のもののせいにしたがる弱い生き物であるのは確かだな。……よりによってナーハハル様にすべての害悪の責任をなすりつけるとは。少なくとも私の知るこの二千年あまり、ナーハハル様が魔界を潤す目的でみずから人間界に干渉したことなど一度たりともないと断言できる」

　憤りの息をついて裁定をくだす。

「イムヌスには死をもって贖(あがな)ってもらうよりない」

　ラルゴは考えこむ顔つきでずっと黙りこんでいた。どうせなにも考えていないのだろうと思いながら、アルトは一応、訊いてみる。

「お前はなにか言いたいことはないのか？」

「……イムヌスは、本当はどう考えてるんだろうな？」

「本当は、とは？」

「いや、もしかするとイムヌスは本当に、魔王のせいで王族がおかしくなったって思いこんでるのかもしれねぇなって」

「そんなことがあるわけが――」

頭ごなしに否定しかけて、アルトは口をつぐんだ。

狡猾なイムヌスが嘘ばかり並べたてていると憤慨したが、ラルゴの言うように思い違いをしている可能性もないとは言いきれない。

――もしかするとイムヌスなりに国の現状を憂えて、魔界からの干渉が原因だという結論にいたったのかもしれぬのか？

などと考えかけて、悪魔らしからぬ同調だと首を振る。

「イムヌスはマクシマを勇者に仕立て上げて王にするために魔界に連れて行ったのだ。我欲と恋に目がくらんで、私情で動いているに過ぎぬ」

バッソが真剣な面持ちで訊いてくる。

「大司教を斃すのは、どのような方法で、どのタイミングにしますか？」

「なによりも先手を打たれて、こちらの時間を止められるのだけは絶対に避けなくてはならない。異次元である闇の回廊にいる限りは人間界での時間停止に巻きこまれることはないから、奇襲をかけることは可能だ。イムヌスの弱点であるマクシマを回廊に引きずりこんで人質にすれば、イムヌスも屈せざるを得ないだろう」

いくつかの選択肢を考えてきたが、今日のことで舞台は定まった。

「マクシマの戴冠式がよかろう。民の前で大悪魔が降臨し、新たな王と大司教を蹂躙(じゅうりん)するさまを見せつけてやるのだ」

想像するだけで、胸が震える。

ラルゴがいいことを思いついたと手を叩く。

「その時に六枚の翼を出したら、最高に格好いいよな！」

「いや、それは……」

もう千年は出したくないほど、翼を出すのは激痛をともなうのだ。躊躇(ちゅうちょ)するアルトの腰にラルゴが手を回す。

「俺に抱きついてキスしていいからな……あれ、すげぇ興奮した」

すっかり味を占めたらしい。

アルトは苦い顔でラルゴの手を退けながら、しかしそれは妙案だと思い直す。

いまの麗しく完成されたこの姿に、黒い六枚の翼はさぞかし映えることだろう。

11

「ん……っ、ふ、ぅ」

　ベッドに裸で横たわっているラルゴに被さって唇を重ねていたアルトは、身をわななかせながらラルゴの口のなかから舌を引き抜いた。

　官能と苦痛に一糸まとわぬ白い肌はまだらに紅潮し、伝う汗に光を帯びている。

　ラルゴが恍惚とした表情でアルトを見上げる。

「世界で一番の美人は、絶対にアルトだ」

　六枚の黒い翼を震わせながら、アルトは腫れた唇の両端を上げる。

「当然のことだ」

　翼を出すのは凄まじい苦痛をともなうが、ラルゴの口のなかに舌を挿れていれば耐えることができた。

　昨夜ひと晩中、身体を繋げて、インキュバスの体液をそそぎこまれたのも、苦痛の緩和に役立ったのかもしれない。

　ラルゴに頰を撫でられる。

「この姿も今日で見納めなんだな」

イムヌスを斃せば、魔法が解けて元の姿に戻る。

「このままでも私はかまわぬがな」

「いや、かまう！」

慌ててラルゴがまくし立てる。

「飛ばしたらもったいねぇだろ。俺は百年後のアルトも二百年後のアルトも三百年後のアルトも、ぜんぶしっかり味わいたい」

「インキュバスは強欲だな」

喉で笑ってから、アルトは自分の唇に中指で触れた。

「この姿で、奉仕してやろうか？」

口淫を、これまでラルゴからはさんざんされてきたが、アルトからしたことはなかった。大悪魔がインキュバスに奉仕するなどあり得ないからだ。

しかし、イムヌスがマクシマに奉仕している姿にラルゴが釘付けになっているのを目にしたとき、なにか――嫉妬のようなものが芽生えたのだ。

アルトが身体を下にずらして下腹部の、いまにも破裂しそうなほど屹立(きつりつ)しているものに唇を寄せようとすると、ラルゴが上体を跳ね起こして肩を掴んできた。

「いまはいい」

「遠慮するなどお前らしくもない」

からかおうとしたが、ラルゴがひどく真面目な顔をしているのに気づく。

「どうしたのだ？」

「……すべて終わって、魔界に戻ってから、してほしい」

翠色の宝石そのものの眸に懸命に見詰められて、アルトは理解する。

——ラルゴも、わかっているのだ。

イムヌスは強敵であり、相討ちになる可能性がかなり高いことに。

三人に伝えてある作戦では、アルト以外は基本的に安全な闇の回廊にいることになっていた。彼らを護りながら戦う余裕はないからだ。

「なぁ、アルト」

ラルゴが訴えかけるように言う。

「なにがあっても一緒に魔界に戻るからな」

「……当然だ。私を誰だと思っている」

「俺の、アルトだ」

一拍置いてから、アルトは素直に告げた。

「そうだ。お前のアルトだから、美しくて最強なのだ」

トリトヌスの仕立屋が作ってくれた翼を出せる純白の衣――完全に天使用の作りだ――をまとうと、ラルゴが感嘆の溜め息をついてから銀色の大きなリボンを差し出してきた。

「これをつけてくれ」

「もってきていたのか」

高確率で状態異常を防ぐ、月の女神のリボンだ。

女性用のアクセサリーであるため絶対につけたくないと思っていたのだが、いまはそんなことは言っていられない。

ラルゴに背中を向けながら命じる。

「お前が結べ」

翼のあいだにはいりこんだラルゴは丁寧にブラシで髪を梳かしてから、月の女神のリボンで髪を結んでくれた。

「やっぱりアルトによく似合う」

鼻の下を伸ばす男に、アルトは自分から口づけた。

離れがたくて、部屋にバッソとリフがはいってきても、しばらく唇を重ねていた。

アルトが立てた襲撃計画は以下のとおりだ。

聖堂でおこなわれる戴冠式で、マクシマの頭に王冠が載せられたタイミングでアルトが聖堂に侵入し——闇の回廊は事前に、リフに聖堂まで繋げてもらう——、マクシマを闇の回廊に投げ入れる。

イムヌスは回廊にははいれないため、自力でマクシマを奪還することはできない。そうしてマクシマを人質にしてイムヌスの動きを封じたうえで、有利に戦闘を運ぶ。イムヌスを斃せば、ナーハハルにかけられた時間魔法は術者消滅によって無効となる。

……というのが最善のシナリオなのだが、そううまくは運ばないだろう。

イムヌスがマクシマにただならぬ想いをいだいているのは確かだが、それが果たして自身の命を投げ出すほど深いものであるかはわからない。

あるいは、イムヌスと戦闘になり、アルトのほうが捕らえられて脅し返される可能性もある。

その場合、ラルゴが応じずにいられるかは、はなはだ疑わしい。リフとバッソには聖堂内でなにが起こっても回廊からは出ずに、必要とあらばラルゴを拘束するようにとひそかに命じてある。

「フィオリトゥーレンの王城にある聖堂って、壁も床も天井も、細かい鏡のモザイクででできてるんだよね。少し緑色っぽくて、目眩がするほど綺麗なの」

王都に向けて闇の回廊を歩きながら、リフがうっとりと呟く。

「天国ってあんななのかなぁ」

ソナチネのたてがみを撫でているアルトを見上げて続ける。

「あそこにアルト様が降り立ったら、もう本当に天使そのままだよね」

「お前の目にはこの翼が白く見えるのか？」

軽く返しながら、アルトはともすれば立ち止まろうとするソナチネを宥める。主人が危険な戦いに赴こうとしていることを察しているのだ。

だから愛馬にも伝わるように、アルトはあえて言葉にする。

「イムヌスが私の時間を進めてくれたお陰で、身体だけでなく魔力も飛躍的に成熟している。人間の魔道士ごとき、この力でどうとでもしてくれよう」

リフとバッソは顔を明るくしてくれたが、ソナチネとラルゴは俯いたままだ。

低い声でラルゴが言う。

「本当に援軍を呼ばなくてよかったのか？　いまからでも仕切り直しはできるんだぞ」

それは計画を伝えたときにもラルゴが提案したことだった。

闇の回廊を使えば、数日のうちに魔界から大軍勢を呼び寄せることもできるのだ。

アルトは言い聞かせるように返す。

「前にも言ったとおり、数が多ければ勝算が上がるというわけではない。イムヌスに察知されずに、すみやかに襲撃するに限る。それに、数を頼めばナーハハル様が望まぬ結果を生むことになるだろう」

リフが「望まぬ結果って？」と首を傾げる。

「力がある悪魔ほど、人間をいくら踏み潰してもいい蟻としか見ていない。イムヌスを斃すために、王都全体を殲滅しかねない」

実際のところ、アルト自身も旅に出た初めのうちは、それでかまわないと考えていたのだ。

勇者討伐の同行者としてこの三人をナーハハルが指名した理由が、いまはアルトにもわかっていた。

これまでナーハハルはあくまで人間界と魔界の共存共栄を望んできた。子供になってしまっても、その根底にある価値観は心の片隅にあるのだろう。

だから、歯止めとなる者たちをアルトにつけたのだ。

——そして私はまんまと、ゆるい三人に流されたわけだ……。

もしもアルトが王都の民を殲滅させるような戦い方をしたら、ラルゴたちはひどく心を痛めることだろう。そんな彼らを見たくはなかった。

「私たちはナーハハル様に信頼をされて、選ばれたのだ。それを胸に留め置け」

強い声で告げると、ラルゴが痛みをこらえるような表情をしながらも、顔を上げてしっかりアルトを見詰めてくれた。

ソナチネの足取りも誇りを思い出したように力強くなる。

そして一行は、王城の聖堂へと続く回廊を進んでいった。


アルトが聖堂を決着をつける舞台として選んだのは、勇者パーティを討伐するところを人間たちに見せつけて、伝説の大悪魔アルト・フォン・サリショナル公爵の名を語り継がせるためでもあったが、もうひとつ大きな要因があった。

「本当に美しいですね」

バッソが聖堂内を眺めて溜め息をつく。

天井も壁も床もすべてが鏡のモザイクでできているため、合わせ鏡状態になって鏡のひとつひとつがほのかな緑色を帯びて見え、それが特有の――リフの言うところの天国のような美しさを生んでいた。

けれども、いまそのすべての鏡は天国ではなく、魔界との境界となっている。

闇の通路からは聖堂内を丸ごと見渡すことができるのだ。視界が利くうえに、必要とあらばどこからでも出入りできる。それはこちら側にとっては圧倒的に有利だった。

とはいえ、イムヌスもアルトたちの襲撃を警戒しているはずで、列席者たちがすべて入場して儀式が始まった時点で、敵が侵入できないように結界を張るであろうことが予想された。その対策として、下調べに忍びこんだ際にあらかじめ聖なる結界を無効にする魔法陣を、祭壇の裏に記しておいたのだ。

そしていま、最後の列席者が着座し、少年聖歌隊の清らかな歌声が、ほのかな緑色に煌めく空間へと響きはじめる。

列席者は男性も女性も上等な身なりで、高位の者であることが知れた。澄ました顔で上品ぶっている者たちが、大悪魔の降臨でどのような醜態を晒してくれるのかを想像すると、アルトの胸は躍った。

はやる気持ちを抑えて、三人に最終確認をおこなう。

「この国の王の戴冠式は、三百年ほど前に見たことがある。その時と変わらぬなら、新たな王と大司教が入場して、祭壇の前で戴冠式をおこなう。マクシマの頭に冠を載せたその時に、私は鏡を抜けてマクシマを捕らえ、壁のなかに投げ入れる。お前たちはマクシマを拘束して、私が許可するまではなにがあろうと闇の回廊に留まっていよ」

リフが言いにくそうに小声で訊いてくる。

「あの……もしうまくいかなかったら……」

「もし私が負けたら決して手を出さず、マクシマを連れてすみやかに魔界に戻り、ナーハハル様とほかの四大悪魔にことの次第を報告するのだ。私が敵わない相手だとすれば、お前たちなど瞬殺されて終いだ。間違っても私を助けようなどとおこがましいことを考えるでない」

　バッソが珍しく厳しい表情で尋ねる。

「でも、それではアルト様はどうなるのですか？」

「万にひとつも、この私が負けるなどあり得ぬから安心せよ」

　涼しい顔を作ってみせながら、アルトはひそかに拳を握り締めた。

　イムヌスとマクシマが聖堂にはいってきたのだ。彼らの背後で、アーチ型の両開き扉が閉じられる。

　イムヌスは金糸で小花の縫い取りをほどこされた、伝統的な純白の祭服をまとっている。後ろの裾が長い仕立ては、この地では花嫁衣装と同じものだ。大司教は陰に日向に王を支えるため、ある意味、伴侶のような存在なのだ。

　そして、イムヌスに右手を取られて入場してきたマクシマは、いつものだらしなさが嘘のように凛然として見えた。栗色の髪は後ろに流され、整った顔が露わになっている。漆黒の軍服に長軀を包み、金糸で十字架と小花の刺繡がほどこされたマントを羽織っている。

　フィオリトゥーレンは「小花を撒き散らす」という意味の言葉であり、王家の紋章もまた十字架に小花が散りばめられたものなのだ。

ふたりは並んで中央のカーペットのうえを歩き、最奥にある祭壇の前で立ち止まる。

「結婚式みたいだね」

リフが思わず呟いてから、緊張感がなかったと慌てて口を掌で押さえる。

しかし実際のところ、戴冠の儀式は、イムヌスが花嫁と結婚式の司祭を兼ねているかのようだった。

イムヌスが壁に掲げられた、八角形の大鏡を前面に貼られている十字架に向かって、新たな王が誕生することを神に報告してから、マクシマのほうを向く。

ふたりの視線が絡み合う。

「繁栄するときも、衰退の危機に瀕するときも、汝は命ある限り王として国民ひとりひとりを庇護し、どのような災いからも国を護り抜くことを、神に誓いますか?」

マクシマは両膝をつくと、イムヌスを見上げて告げた。

「大司教とふたつの魂をひとつにして、ともに護国のために尽くすことを、ここに誓う」

本来、マクシマには王になりたいなどという野心はない。

それでも彼はいま、真摯な顔つきでイムヌスを一心に見詰めて誓っているのだ。

『勇者で王様でないと、お前にとって価値がないのか?』

マクシマがつらそうにそう呟いたときの姿が、アルトの脳裏によぎる。

もしかするとマクシマはただ、イムヌスが望んだから勇者になり、イムヌスが望むから王になるのかもしれない。

それが自分の性分でなかったとしても、彼はイムヌスとともに国を護る……そこまで考えて、アルトの心は揺れた。

もしかするとラルゴが言っていたように、イムヌスは本当に人間界の災いは魔界からもたらされると思いこんでいるのではないだろうか。

リフの話によれば王城内は闇の回廊だらけで、それらの回廊は王の部屋にも王妃の部屋にも、七人の王子の部屋にも貫通していたという。

——マクシマの部屋は、リフが掘って貫通させたと言っていた……。それは要するに、マクシマだけが闇に溺れていなかったということなのか？

素行の悪さに定評がある八番目の王子がもっともまともな心根の持ち主だったなどということが、本当にあるのだろうか。

——もしそうだとしたら、イムヌスは国のために、マクシマ以外の王族を眠らせたのか？

これまでイムヌスを皰してナーハハルにかけられた呪いを解くという目的のために、自分は都合のいい情報にだけ目を向けてきたのではないだろうか………。

「アルト、おい」

ラルゴに肩を揺すられて、アルトは我に返る。

「もうマクシマの頭に冠が載っかってるぞ」

指摘されて、アルトは慌てて翼を大きく羽ばたかせた。

そうして、十字架につけられた八角形の鏡の部分から聖堂内に抜けた。

黒い六枚の翼をもつ者の出現に、列席者たちは一様に目と口をぽっかりと開く。

アルトは一直線に下降して、立ち上がろうとしているマクシマを羽交い締めにして宙へと連れ去った。ようやく、列席者たちは大悪魔が降臨したことに気づき、悲鳴をあげて聖堂から逃げ出そうと扉へと走りだす。

マクシマの首筋から強い電流を流しこんで動きを封じ、アルトは彼を鏡の壁のなかへと連れ去ろうとしたのだが――。

ふいに、阿鼻叫喚が消えた。

イムヌスが魔法で時間を止めたらしい。強力な魔法は発動に時間がかかるものだが、イムヌスの手には隠しもっていたらしい黒い杖が握られていた。額飾りと杖の効果により、強魔法をすみやかに発動できたのだろう。

月の女神のリボンを装着していなかったら、アルトも時間停止の状態異常に陥るところだった。

ひとびとが恐怖の表情を浮かべたまま石像のように固まっているなか、やはり動きを止めているマクシマを闇の回廊で待機しているラルゴたちに引き渡そうと、アルトはほのか

に緑色に照る鏡の壁へと向かう。

……しかし、急に身体が石のように重たくなった。

イムヌスが間髪を入れずに、重力魔法を発動したのだと気づいたときには、すでに落下が始まっていた。それでも懸命に翼を動かして、なんとかマクシマを壁に押しこもうとしたが、もう一歩のところで力尽きる。まるで引っ張られるかのように墜落して、床に叩きつけられた。手放してしまったマクシマの身体がゴロゴロと床を転がる。

身体が何倍もの重さになっているような体感だ。

うまく身動きが取れずにいるアルトへと、イムヌスが黒い杖の頭を向ける。するとその先端部分が変形して、銃口が現れた。

「魔物に効く聖なる弾丸です。お受けなさい」

銃口から銀の弾丸が飛び出してくるのがコマ送りのように見えた。

避けなければと思うのに、のろのろとしか身体が動かない。

悪魔でありながら、人の心を慮るようなよけいなことをしたせいで、すべてのタイミングが少しずつズレて、このような結末にいたったのだ。

アルトは忸怩たる思いで、弾丸を正面から睨みつける。

……急に視界が暗くなって、弾丸が視界から消えた。

目の前に、大きな背中があった。その背中が跳ねて、こちらに飛んでくる。ぶつかると、甘ったるい匂いがあたりに散った。

「ラル、ゴ……」

のったりとした動きで、アルトは懸命にラルゴの上体をかかえる。

その腹部からは甘い香りのする赤い液体が溢れていた。これ以上溢れないように掌でき
つく塞ぎながら、アルトは掠れた声で叱責する。

「決して出てきてはならぬと、言ったであろう…っ」

「仕方ねぇだろ」

呼吸するのもつらそうなくせに、ラルゴが笑みを浮かべようとする。

「俺は絶対にあんたを護るって、決めてたんだ」

「――……」

「なんだ？　聞こえねぇ」

アルトは震える唇で一気にまくし立てた。

「バカまぬけ身の程知らずのド淫乱っ」

ラルゴが笑うように身を震わせ、腹部に響いたらしく低く呻く。

ふたりの様子を眺めながらイムヌスが唄うように言う。

「聖なる銀の弾は、魔物の組織を内部から加速度的に破壊していきます」

心臓に激しい痛みが走り、アルトは顔を歪めてイムヌスを睨みつけた。

「これはろくな力もない、どうでもいい下級な魔物だ。殺す価値などない」

　イムヌスがゆったりとした足取りで近づいてくる。

「ろくな力もない、どうでもいい下級な魔物なら、ここで事切れてもかまわないわけですね」

「……それすらも無意味なことだと言っているのだ」

　イムヌスが腰をかがめ、心を透かし見るかのようなまなざしでアルトの顔を覗きこみ、優しげに微笑んだ。

「助けたくて必死なわけですね」

「――」

「助けたいのですね？」

「そうだ。助けよ。その代償は私が払う」

　それ以外の答えはなかった。

　イムヌスが気持ちよさそうに喉を鳴らすと、すらりとした指でラルゴの額に触れ、口のなかで呪文を唱えた。

　ラルゴが目と唇を少しだけ開いたまま動きを止めた。

「え……？」

　慌ててアルトはラルゴの口元や胸に手をやった。

呼吸をしていない。心臓も動いていない。これではまるで……。

「まさか、ラルゴを――」

「時間を止めているだけです。ここから彼の時間だけ巻き戻せば、弾丸は体内から出て、彼は助かります」

親切そうな声音でイムヌスが続ける。

「ただし、あなたの対応次第では、時間は動きだし、彼は死にます」

手段を選ばなければ――たとえば魔法でこの建物に雷の塊を落としでもしたら、イムヌスを斃すことはできる。

しかしそうしたら、ラルゴを助けることはできなくなるのだ。

――私は……。

ナーハハルにかけられた魔法を解くために、ここまで来た。魔界にとって、ナーハハルが正常に戻ることと、一介のインキュバスが助かることと、どちらが重要かなど、考えるまでもない。

――けれども私は……。

いま自分の胸に詰まっているものを、ないことにはできなかった。

――私は愚かな選択をする。

アルトはラルゴを抱き締めながら、イムヌスに告げた。

「ラルゴを助けると約束するなら、私のことは気のすむようにするがよい」

朦朧としながら、アルトは頭の片隅で泡のように考える。

リフとバッソは命令どおり、魔界に帰ってくれているだろうか。巻きこんでしまった彼らには、せめて無事でいてほしい。

激痛に霞む目を彷徨わせ、アルトはラルゴを見つける。

『なにがあっても一緒に魔界に戻るからな』

ラルゴの懸命な表情と言葉が甦ってくる。

——……一緒に戻れなくて、すまない。

頭が奥から熱くなり、それが涙となって溢れる。

「悪魔よ、そんなにつらいですか？」

俯せになっているアルトの翼を両手で摑みながらイムヌスが訊いてくる。

六枚ある翼のうち、うえの一対は付け根から折られて、あらぬ方向に曲がっていた。

「ですが、あなたはただ報いを受けているだけなのですよ」

「報い？　先に、魔界に乗りこんで、害をなしたのは……お前のほうだろう」

息を継ぎ継ぎアルトが言い返すと、イムヌスがアルトの腰の後ろを絹靴を履いた足で踏みにじりながら両手に力を籠めた。

「この国を数十年にわたり苦しめつづけたりしなければ、わたくしも魔界に乗りこんだりしませんでした」

神経が焼き切れそうな痛みが押し寄せてきて、アルトの身体は引き攣れる。ほとんど悲鳴のような声で問う。

「国の災いが魔界のせいだと、本気で思っているのか？」

「この期に及んで、魔界のせいではないとでも言うつもりですか」

蔑む声が降ってくる。

「神の与えたもう恵みを人間が受け取るのを、魔王が妨げ、災害や諍い（いさかい）を起こさせ、人の心を闇で満たすのです」

充血した目で、アルトは三枚目の翼を折ろうとしている男を見上げる。

「人間たちがおのれの欲望のために争い合って、勝手に魔界にエネルギーを流して寄越していただけのこと」

心当たりがあるのか、イムヌスが少しのあいだ黙りこんだ。手の力がわずかに緩む。

「さすがに小賢しい。悪魔というものはそのように人の心を乱させるのですね。しかし飢（き）饉（きん）や天災、流行り病は魔王の仕業でしょう」

「そのようなもの、救いの手を差し伸べない神を咎めればよかろう」

「神を愚弄するのですか」

「神に対して、お前たちが甘すぎるだけであろう。どうせ、救われないのは信仰心が足りないからだとでも思っているのだろう」

いまやイムヌスの顔は蒼褪め、表情は石のように固い。

彼は決して頭の悪い男ではない。むしろ人間にしてはよすぎるぐらいなのだろう。ただ視野があまりに狭く、世界の道理がわからないだけで。

「そうやって、すべての都合の悪いことを私たちに押しつけているから、真実を見失うのだ。王族たちの悪行三昧は、本人たちの堕落により起こったことに過ぎぬ。いっそこのまま永遠に眠らせておけばよい」

薄っすらと笑みながらアルトは続ける。

「それにそもそも、お前がそこまで私に憤っているのは、マクシマへの邪な想いゆえであろう」

三枚目の翼を折られる激痛に、アルトは意識を失った。

12

いくつもの焼きごてを当てられつづけているかのように、背中が痛い。

呼吸するたびに呻き声が自然と口から漏れる。汗がこめかみを伝っていく。

「う……う」

アルトは重い瞼をわずかに上げた。

ここは石壁の、一面だけ鉄格子になっている部屋だった。通路に松明の灯りが波のように揺らいで映っている。

冷たい石床に、アルトは俯せの姿勢で横になっていた。

背中に触れてみると、六枚の翼のうち三枚が付け根から折れていた。

——ラルゴは……。

部屋を見回すと、ラルゴは部屋の片隅に転がされていた。薄く開けられたままの目と唇のさまは、まるで命のないもののようで、アルトは翼を引きずりながら彼のところへと這う。

頬に触れてみると温かい。呼吸もしていないし心臓も動いていないが、まだ生きているのだ。安堵に力が抜け——アルトはもうただ自然に、ラルゴの顔のうえに顔を伏せる。

辱を重ねて、そのままぐったりとする。

イムヌスの気のすむようにしたらラルゴを助けてくれるという約束だったが、その約束をイムヌスは果たす気があるのだろうか？

――あの男には、なにも期待せぬほうがいいか。

アルトをあの場で殺さなかったのも、どうせ見せしめのための公開処刑でも目論んでいるからなのだろう。

罪人を十字架にくくりつけて惨殺することを人間はやたらと好んで、見世物にまでする。それがみずからの心の闇を肥え太らせているのだという自覚もなく。

……痛みのあまり、ふたたび失神していたらしい。

次に意識が戻ったとき、アルトの身体はラルゴに縋るように折り重なっていた。無意識のうちに彼を護ろうとしたのか、それとも自分のほうが彼を頼りにしているのか。

ラルゴの香りに包まれていると身も心も楽になるのが、ただ彼がインキュバスであるからではないのだと、いまはもうアルトにもわかっていた。

わかるからこそ、なにがあってもラルゴを護らなければならない。

しかしアルトの知る限り、イムヌスのように時間魔法を使いこなす者は魔界にもいない。時間魔法というのはあくまで戦闘時にもちいる補助的なもので、このように永続的にもちいるものではないのだ。

「なんとかしてイムヌスを従わせるしかないわけか」

大魔法で、この国の民に殺し合いをさせると脅すのはどうだろうか？

それとも雷の塊をひとつ落としてみせてから、国を壊滅させると脅そうか？

……しかし、以前だったら愉しめたはずの血なまぐさい想像が、いまは無性に気を重くさせるのだった。

深い溜め息をつきながらラルゴの頬を撫でていたアルトは、ふと視線を感じて鉄格子のほうを見た。

そこに、栗色の髪に王冠を被った男が立っていた。

新たな王、マクシマだった。

「何用だ？」

ラルゴのうえから身体を起こして厳しい声音で問うと、マクシマが唇の前に人差し指を立てた。そして手招きをする。

弱みを見せないように平然とした様子を装って立ち上がり、アルトは鉄格子へと近づいた。

「その翼は？」

痛々しいものを見る顔つきでマクシマが尋ねてくる。

「この程度どうということもないが、お前の大司教は嗜虐が過ぎるようだ」

「イムヌスがやったのか?」

「意外ではあるまい。あの男が大司教になってから特に国政が乱れたそうではないか」

するとマクシマが激しい勢いで言い返してきた。

「それは違う。前の大司教が父の暴虐さを抑えていただけのことだ。父はそれが面白くなくて前の大司教を亡き者にし、よけいな口出しをできないように若いイムヌスを大司教に指名した。イムヌスは大司教になってから鬱ぎこむようになっていった」

はしばみ色の眸が翳る。

「だから……一緒に魔王討伐に行こうと言われたとき、俺はそれに乗った。魔王を斃せば、父の暴虐も治まると考えた」

「時間を止めて旅をしたのだな。そうとうな魔力を消費しつづける大魔法だ」

「俺が国の宝物庫から魔力補充に使える魔石をあるだけ盗み出した。旅の途中でもあらゆるところで魔石を集めながら進んだ」

マクシマが頬を緩めて呟いた。

「あの旅は、楽しかったな。ふたりで遊んでいた子供のころに戻ったみたいで——いつまでも、旅をしていたかった」

アルトはじっと若い王を見詰めた。そうして尋ねる。

「魔王討伐に誘われたのに、どうして討伐せずに幼くするという半端な処置にしたのだ？」

「……イムヌスは命を奪うつもりでいた。でも、俺はそれは嫌だった」

「なにが嫌だったのだ？」

「魔王が思っていたようではなかったからだ。止まった姿しか見ていないが、穏やかで聡明そうな顔つきをしていた。それで諸悪の根源だという自信がもてなくなって、一方的に殺すべきではないとイムヌスに言った」

マクシマの眸に、豊かな情緒と洞察の光が煌めく。

「俺たち人間では計り知れないものは確かにある。災いに遭ったとき、口惜しさや呑みこめない気持ちを、魔王や悪魔のせいにするのは捌け口としてあっていい。でも、本当にそう思いこんでしまったら、人間は災いを避けるための努力すらやめてしまう。……それは衰退の道だ」

ずっと胸に溜めこんできた考えを吐露したのだろう。

マクシマが照れと真摯の入り混じった表情を浮かべる。自堕落な末の王子の、これが真の姿なのだ。イムヌスが彼を王にしたいと考えたのも無理はない。

「お前はどうして愚か者のように振る舞ってきたのだ？」

尋ねると、マクシマが目を伏せた。

「それは俺が卑怯だからだ。父や母、兄たちが重ねてきた罪を俺は間近で見てきた。見て見ぬふりをして、なにもわからない者のように振る舞った。欲望に身を任せているあいだだけは、おぞましいことを忘れられた」

「……そう率直にものごとを見ていては、さぞや生きづらかろう」

自分自身を率直に見ることは、なによりも難しい。

それをマクシマはやってのけ、腐った皮の内側で高貴な魂を保ちつづけてきたのだ。

アルトはひんやりと微笑む。

「新たな王、マクシマよ。なにを望んでここに来たか、この四大悪魔アルト・フォン・サリシォナルに話すがよい」

「四大悪魔――」

まさかアルトがそれほどの身分の者とは思っていなかったのだろう。

マクシマはさすがに激しく身震いし、両手でグッと拳を握った。おのれを奮い立たせ、アルトの眸をまっすぐに見詰める。

「この国の王として、お前と契約を結びたい」

それは予想外の申し出だった。アルトは問う。

「悪魔と手を組むというのか？」

「そうだ。俺の望みは――」

胸のつかえを吐き出すように、マクシマが告げた。

「イムヌスと結ばれることだ」

「……」

あまりの肩透かしな内容に、アルトは耳を疑う。

「もう一度、言うがよい」

「イムヌスと永遠に結ばれたい」

ついさっき、高貴な魂を保っているなどと感銘を受けたことを、アルトは早くも後悔する。

それにそもそも、その願いならば、イムヌスとマクシマが本心を告白し合えばすむことで、すでに成就しているも同然なのだ。

とはいえ、魔力のマの字も使わずに解決できることで契約を結べるのなら、大歓迎だ。

「くだらない願いだと思っているだろうが、俺は真剣だ。……俺は子供のころからイムヌスを愛してきた。少年の姿のお前を欲したのも、イムヌスの少年時代に似ていたからだ。

——この欲望をイムヌスに知られて失うのが怖くて、俺はずっと逃げてきた」

愚鈍なまでに率直な彼のなかに、アルトはいつしかラルゴの姿を見ていた。

「でも俺はもう、王として生きると決めた。父や兄たちが目覚めようと、王位を返上する気はない。イムヌスを伴侶にできれば、俺は父のように道を間違えることはない」

アルトは喉を震わせる。

——この愚かさが、いとおしい。

なにか少し、泣きたいような気持ちだった。

「なるほど。お前の望みはわかった」

「どんな代償でも払う」

真剣なまなざしを向けられる。

アルトはもっとも強く望むことを口にした。

「イムヌスに、あの男を助けさせよ。ラルゴという魔界の男だ」

本来ならば、ナーハハルにかけられている時間魔法の解除を交換条件とすべきだったが、いまのアルトに迷いはなかった。最悪、ナーハハルは育て直すことができる。そのための労力なら惜しまない。ここから数百年のあいだ、魔界は混迷を極めることになるだろうが——。

マクシマが意外そうに目をしばたたいた。

「そんなことでいいのか？　あの踊り子の男は、魔界の有力者なのか？」

「あれはただのインキュバス。下等な魔物だ」

「……でも、お前にとってはどうしても助けたい相手、ということか」

アルトが頷くと、急にマクシマが鉄格子のあいだから右手を差し出してきた。

「お互い、想いを成就しよう」

気恥ずかしいことを真顔で言ってくる人間の王の手を、アルトはしぶしぶ握り返す。

「私の望みとお前の望みとを、同時に叶える秘策がある。ここにイムヌスを呼んでくるがいい」

なんということはない。

イムヌスに「ラルゴを助ければ、マクシマと永遠に添い遂げさせてやろう」と耳打ちすればいいのだ。それはイムヌスの渇望していることであるから、彼はかならずや従う。イムヌスのマクシマへの想いは、三枚目の翼を折られたときに伝わってきた。

ラルゴを助けられる算段がついて、翼の痛みすら吹き飛んでいた。

「いますぐ、イムヌスを連れてくる。いいか?」

頷きを返すと、マクシマがはやる気持ちを抑えきれない様子で通路を戻っていく。

彼の姿が視界から消えて、ラルゴに助かることを報告しようとしたときだった。

突如、凄まじい音が石造りの空間に轟いた。

そして吹き飛ばされたマクシマが壁に叩きつけられるのをアルトは見る。

「なにが……」

動顚しながら鉄格子のほうに走り寄ろうとすると、目の前で爆発が起こった――いや、爆発のように見えたのは、凄まじい力で斬りつけられた鉄格子から飛び散る火花だった。

アルトは両手にクレセントブーメランを握り、帯電させ、威力を強化する。

鉄格子が破られ、大きな体軀の男がぬうっと現れる。

とっさにブーメランを飛ばしたアルトはしかし、慌ててその軌道を修正した。男の首すれすれを通ってブーメランが戻ってくる。

「バッソ……」

確かにそれはバッソだった。立派な体格も鎧も、間違いなく彼のものだ。

しかしその目は白目が真っ赤に染まり、いつもの穏やかな顔つきとは似ても似つかない、狂気に満ちた形相を浮かべていた。

バッソの目がぎろりとアルトに向けられるが、味方も見分けられないらしい。

剣を振りかざしてアルトに突進してくる。

バーサーカー状態になっているのだ。攻撃力が凄まじく上がる代わりに、完全に理性を失うため敵味方の区別もつかなくなる。

「っ」

ブーメランを投げてバッソを阻もうとするが、痛覚も麻痺しているらしく、ものともせずに迫ってくる。

「バッソ、やめてっ！」

牢屋のなかにリフが飛びこんできて、アルトの前に両腕を広げて立った。

「僕だよっ！　僕たちだよっ！」

リフの肩口にべっとりと血がついているのをアルトは見る。

「怪我をしているのか？」

「とにかくアルト様とラルゴを救出しようって潜入したんだけど、戦闘で僕が怪我したら、なんかバッソがおかしくなっちゃったんだ…っ。アルト様が大司教にいじめられてるときから、目が赤くなって少し変になってたんだけど」

どうやらバッソの狂戦士発動条件は、仲間を傷つけられることであったらしい。

リフを背後に避難させ、ブーメランで振り下ろされる剣を弾きながら、アルトは声をあげた。

「バッソ、私たちは仲間だっ」

するとバッソの眼球が震えた。

「ナカ……マ？」

「そうだ。私たちは互いを護り合う仲間だ」

口にしてみて、自分が本当にそう思っていることをアルトは改めて自覚する。旅の初めにはこの三人を仲間と認める日が来るなど露ほども思っていなかったのだが。

「仲間だから私はお前を傷つけたくない」

「――ナカマ、キズツケタク、ナイ……ナカマ、キズツケタク、ナイ」

バッソの動きが緩慢になり、剣があらぬほうへと幾度も振り下ろされる。

「ナカマ……………」

呟いたバッソの動きが完全に止まった。

いや、止まったのはバッソだけではなかった。

リフも石像になったかのように固まっている。

いつの間にか、通路にイムヌスが佇んでいた。彼が時間魔法をもちいたのだ。また今回も月の女神のリボンによって、アルトだけが状態異常を回避できたらしい。

イムヌスは負傷したマクシマの傍らに跪いて頭部の傷を検めると、ゆらりと立ち上がって破壊された鉄格子から牢にはいってきた。

「マクシマ様がどうしてここにいるのでしょうか？」

穏やかすぎる声音が、彼の尋常ならざる怒りを際立たせる。

「あなたがマクシマ様を呼びつけて、負傷させたのですか？」

「それは違う。マクシマのほうから私に話があって、ここを訪れたのだ。彼に怪我をさせてしまったことは本意ではなかった」

「マクシマ様は、あなたにどのような話を？」

「私と契約を交わすことを望んだ。内容は言えぬが」

「……マクシマ様が悪魔と契約するなど、あり得ません」

「時間を動かして、本人に確認するがよい」

「あなたはまた、マクシマ様を誘惑したのですね？」

冷気がその身体から湧き立っているのが見えるようだった。

イムヌスは嫉妬で我を忘れ、ある意味、狂戦士状態に陥っていた。

「そうですね。いいでしょう。時間魔法を解除しましょう」

呟くと、イムヌスは口に手を当てた。そして唱えた呪文を吹き矢のように放つ。

バッソの振り下ろされた剣がガッと石床に当たる音が響く。リフが「バッソ、しっかりして、僕たちだよっ」と叫ぶ。

そして――背後から呻き声が聞こえた。

「う……ぐ…、ぅ」

弾かれたように振り返ったアルトの目に、ラルゴが苦悶の表情を浮かべて身をよじるさまが飛びこんでくる。

ラルゴの時間停止まで解除されてしまったのだ。

それにより、聖なる銀の弾がふたたび彼を内側から壊しはじめていた。

「や――」

アルトは喘ぐと、ラルゴに飛びつきながらイムヌスに懇願した。

「ラルゴの時間は止めよっ……早くっ」

「マクシマ様を傷つけた咎です」

優しい微笑を顔に張りつけたまま言うイムヌスの腕が、ぐいと後ろから掴まれた。

顔半分を血まみれにしたマクシマが身体を傾けながらもなんとか立っていた。

「マクシマ様、この場はわたくしが対処しますので、どうか安静に……っ」

慌てて座らせようとするイムヌスに、マクシマが命じる。

「あの……あの男を助けろ」

「──本当に悪魔に誑かされて、契約をしたのですか？」

「そうじゃない。俺のほうから契約をもちかけたんだ」

「どういうことですか？　……なにか望むことがあるのならば、どうして悪魔などではなくわたくしに言ってくださらないのですかっ」

イムヌスが蒼褪めて激しく詰る。

「お、お前に直接は言えなくて、だから」

「なんでもいいから言ってください！　そうでなければ、あの男を殺します」

口から血の泡を漏らすラルゴを抱き締めて、アルトは悲鳴のような声で告げた。

「マクシマは、お前と永遠に結ばれることを望んでいるのだ！　わかったのなら、ラルゴを助けよ！」

「……………そうなの、ですか？」

イムヌスが呆然とした顔でマクシマを見上げた。

マクシマが残りの顔半分も真っ赤にしながら頷く。

「それが、俺の望みだ」

リフがイムヌスに飛びついて、彼の腕を両手で引っ張る。

「なんだかよくわかんないけど、ラルゴを助けてよっ」

イムヌスは夢うつつのようにふらふらと引っ張られるままにラルゴの横に両膝をついた。

そして、ラルゴが目や耳からも血を溢れさせているのを目にして、我に返ったように表情を引き締めた。

呪文を詠唱しながら、銀の弾丸がはいっているラルゴの腹部に掌を当てる。

目や口から溢れていた血が、逆再生のように体内に戻っていく。そして、しばらくののち、腹部から銀の弾丸が弾き出されて床に転がった。

「ん、ぅ――あ……」

ラルゴが呻いて瞬きをしたかと思うと、上体を跳ね起こした。

そして反射的にイムヌスとアルトのあいだに身体を入れて、アルトを護ろうとする。彼の記憶は聖堂で途切れているのだ。

ようやく違和感を覚えたらしく、ラルゴが呟く。

「……あれ、ここは？」

イムヌスが答える。

「戴冠式から二日たっています。あなたは聖なる弾丸を受けて死にかけていたのです」

「え……ああ、そうだったのか」

「弾丸はすでに排出して、傷口もありません」

事態が呑みこめない様子でいるラルゴの背中に、アルトは震える腕で抱きつく。

「アルト？」

嗚咽を懸命に殺しているのに、ラルゴが身をよじって顔を覗きこもうとする。

「泣いてんか？」

「泣いてなど、おらぬ」

ガタガタの鼻声になってしまう。それが腹立たしくて言いつのる。

「お前は、死ぬところだったのだぞっ。私の言うことを守らぬから」

「ごめん。悪かったって」

この軽薄さは、間違いなくラルゴだ。

——喪わずに、すんだ。

その実感がこみ上げてくると、涙が目から噴き出した。

「うう……」

「ああ、もう」

腕のなかでラルゴが無理に身体を回転させて、向かい合うかたちになる。泣き顔を見られたくなくて顔をそむけると、宥めるようにラルゴが言ってきた。

「万が一、死んだところで生き返る可能性はあったんだぜ？」

「……どういう意味だ？」

自慢げにラルゴがのたまう。

「月の女神のガーターベルトってのをつけてたんだ。確率は低いけど生き返れる」

「……」

こんなまぬけなインキュバスのために、どうして自分が心臓が潰れそうなほどつらい思いをしたり……こんなに心臓が壊れそうなほど嬉しくなったりしなければならないのか。

あまりにも理不尽で、アルトはラルゴを突き飛ばす。

「もう知らぬ」

立ち上がって、涙でぐしゃぐしゃになっている顔で睨みつける。

「お前などもう知らぬ！　二度と私の前に現れるなっ」

するとラルゴが飛びついてきた。

大きな身体にすっぽりと抱き締められると身動きがまったく取れなくなって――、アルトは自分の身体が元に戻っていることを知る。

イムヌスの「時間魔法を解除」という対象に、アルトもまたはいっていたのだ。

「なぁおい、この翼……どうしたんだ？」

三枚の翼が酷いありさまになっていることに気づいたラルゴが動顛して顔色を変える。

「誰にやられた？　そいつのこと、殺してやる」

肉体の年齢を巻き戻したついでに翼も元に戻してほしかったものだと、ふいに甦ってきた痛みに眉根を寄せながらアルトは思う。翼は普段は露出していないものであるため、修復されなかったのだろうか。

そして、もうこれ以上の厄介ごとは増やしたくないからラルゴの質問には答えずにいたのに、イムヌスが「わたくしがやりました」と自己申告する。

「てめぇ、殺す」

「殺せるものならどうぞ？」

イムヌスに飛びかかろうとするラルゴに、アルトは命じる。

「お前は私のことを抱き締めていればよいのだ」

「……」

歯軋りしながらも、ラルゴがぎゅうっと抱き締めてくれる。

イムヌスが改めてマクシマに確かめる。

「マクシマ様は本当に悪魔と契約をしたのですね？　わたくしを手に入れるために」

「そ、そのとおりだ」

いたたまれない様子のマクシマの項に、イムヌスが両手を回す。そうして引き寄せるようにして、若き王の唇に唇を押しつけた。

「あんなものと契約などしなくても、わたくしはあなたのものです。いままでも、これからも」

「イムヌス……」

感極まったマクシマがイムヌスの腰を抱く。

幸せを嚙み締めるような間があってから、イムヌスがアルトに告げた。

「わたくしとも取り引きをしてもらいます」

どのような難癖をつけられるのかとアルトはラルゴの腕のなかで身構えたが。

「魔王にかけた魔法の解除呪文を教えます。代わりに、マクシマ様には二度と近づかないでください」

イムヌスは人間にしては賢く、凄まじく能力の高い魔道士ではあるものの、悪魔相手に望むことの肩透かしっぷりは、マクシマと互角だった。

――……まぁ、こちらには都合がよいから、それでかまわぬが。

苦笑するアルトは、唇をやわらかい感触に押し潰されて目を細めた。

「ねぇ、バッソ」

牢獄の片隅、膝をかかえて座ったリフがふた組のカップルを交互に眺めながら、隣に座る正気に戻った騎士に話しかけた。

「なんですか?」

「僕たち、なにを見せられてるの?」

「なんなのでしょうね」

バッソが首を傾げつつ、穏やかな口調で続けた。

「でも、皆さんが幸せそうでなによりです」

「うん、そうだね」

リフがくすくす笑ってから、少し寂しそうに言う。

「これでもう旅はおしまいなんだね」

見えないキツネ耳をそっと撫でながらバッソが生真面目に返した。

「魔界に帰るまでが旅ですよ。最後まで気を緩めずに行きましょう」

エピローグ

魔王の間には四大悪魔と、勇者討伐パーティの仲間が揃っていた。

アルトは翼をしまってもなお背に痛みを覚えつつ、魔王ナーハハルの前に跪き、帰還の報告をすませた。

裸で毛布に包まれたナーハハルは、バスの胡坐をかいた膝のうえに座らされている。

慇懃に下げられたアルトの頭を、ナーハハルが小さな手で撫でた。

「おかえり、アルト」

そして無邪気に訊いてきた。

「お友達と一緒に行けて、楽しかった?」

アルトは迷いなく、「はい。ナーハハル様がよき仲間を与えてくださったので、楽しく過ごせました」と答えた。

するとナーハハルが満足げな顔を、ラルゴとリフとバッソのほうへと向けた。

「アルトを守ってくれて、ありがと」

三人が互いに顔を見合わせて、照れたような笑みを浮かべる。

子守り疲れした様子のソプラノが、「勇者も魔道士も、始末したほうがよかったんじゃないの？」と小声で訊いてくる。

「ナーハハル様はそれは望まれぬので」と答えると、悩ましい顔をしたテノールからも
「また同じ手口で襲撃されたりしないのかい？」と確認された。

「それは決してないと、この私が保証する」

そう返して、アルトは自分がイムヌスとマクシマという人間たちを――というより、彼らが互いを想い合う気持ちを信頼しているのだと、改めて知る。

バスは幼いナーハハルの世話がすっかり板についていたらしく、少しだけ寂しそうな顔つきで言ってきた。

「では、どうぞ呪いを解除してください」

アルトは頷くと、ナーハハルのなめらかな額に指先を載せて、イムヌスから教えられた呪文を詠唱した。

すると、ナーハハルがふいに耳を両手で塞いで苦しそうな表情を浮かべ、身を丸めた。

「ナーハハル様っ⁉」

動顛したバスがナーハハルを抱き締める。

「まさか、魔道士が謀ったのか？」

テノールが蒼褪めて、声を乱す。

それは絶対にあり得ないと思いながらも、アルトの項には冷たい汗が伝った。

「うーーうぅぅ」

子供の苦しむ声に、室内にいる者すべてが身を強張らせたが。

いつの間にか呻き声は低くなり、バスの腕のなかでまるで花が開くかのように、ナーハハルの肢体は伸びやかに成長していった。

「は……く」

身震いして、ナーハハルが閉じていた瞼を上げる。

思慮深い漆黒の眸が現れた。

そしてみずからの額に掌を当てて呟く。

「なにか、とても楽しい夢を見ていた気がするのだが……」

幼いころの記憶が曖昧であるように、ナーハハルもまた幼くなっていたあいだのことを、よく覚えていないようだった。

アルトはイムヌスから返された額飾りを、ナーハハルの頭にそっと被せた。

「すべてはナーハハル様の御心のままに」

魔界の王がナーハハルであり、人の王がマクシマの志を継ぐ限りは、共存共栄というナーハハルの描く世界も実現可能なのではないだろうか。

「これで本当にお別れなんだね」

魔王城の門を出たところで、リフが鼻をグジュグジュとさせる。バッソが甲斐甲斐しくリフの洟をかませるのを馬上から眺めながら、アルトは認めたくないが、一抹の寂しさを覚えていた。

「なにかあれば、私の邸を訪ねてくればよかろう」

ぼそぼそと言うと、リフが耳と尻尾を垂れさせながら訊いてくる。

「なにかないと、ダメ？」

「……別に、なにもなくてもかまわぬが」

とたんにリフが頬を輝かせる。

「それって友達ってことでいいの？」

「――」

否定して泣かれるのも厄介だから、アルトは曖昧に頷いてみせた。

その場でスキップして喜ぶリフの横で、バッソが目を細める。

「初めはどうなることかと思いましたが、こうして振り返ってみれば、いい旅でしたね」

「思ったより悪くはなかった」

アルトも表情を緩めて認めたが、しかしひとりラルゴは俯いている。

「ラルゴ、どうしたのだ？」

尋ねると、思い詰めたまなざしでラルゴが見上げてきた。

「俺は、友達じゃ満足できねぇからな」

それはもういまさら言葉にするまでもないことで、アルトは軽く流そうとする。

「友達よりは親しい、ということでよかろう」

「よくない」

「……愛人なら満足か？」

「伴侶がいい」

イムヌスとマクシマがそういうことを言っていたのを聞いて、羨ましくなったらしい。

四大悪魔の自分がどうしてインキュバスなどを伴侶にしなければならないのか……について
は、もうアルト自身が一番よくわかっていた。

アルトはひとつ溜め息をつくと、微笑を浮かべ、馬上からラルゴに手を差し伸べながら
告げた。

「お前を私の伴侶と認めよう。光栄に思って涙するがよい」

照れ隠しで言ったのに、ラルゴの目からボロボロと涙が零れだす。

「あー、アルト様がラルゴを泣かせた！」

「っ、みっともない。ラルゴ、早く乗れ」

命じると、ラルゴが嗚咽を漏らしながらアルトの後ろに乗り、抱きついてきた。

バッソが穏やかな笑顔で祝福する。

「末永くお幸せに」

「ラルゴが強引すぎるから、仕方なく、だ」

言い訳をすると、リフがきょとんとした顔をして言ってきた。

「え、ラルゴは初めっからアルト様のお気に入りだったよね？」

「それは思い違いだ」

リフが首を横に振る。

「思い違いじゃないよ。だってラルゴに絡まれるとき、いつも嬉しい匂いがプンプンしてたもん」

「――……お前の鼻がおかしいのだ」

これ以上いらぬ証言をされないうちに、アルトはソナチネの腹に踵を当てて、その場から駆け去った。


蛇を象った蛇口から、広々とした丸い湯舟へと温かな湯が流れ出ている。

アルトは背中をラルゴに包まれるかたちで湯に浸かり、いくらか感傷的な気持ちで旅の思い出を繰っていた。

三ヶ月足らずの旅だったが、これまでの二千余年に匹敵するほどの経験をした。

なによりもこんなふうに、無防備に誰かに身を委ねられるようになったことが、自分のことながらいまだに信じられず、夢でも見ているような心地だった。

——伴侶、か。

胸で呟いてみて、照れてしまう。

「なぁ、アルト」

背中を撫でながらラルゴが心配そうに訊いてくる。

「もう翼は痛くねぇのか？」

アルトは少し首をよじって、横目でラルゴを見る。

「痛いに決まっているだろう」

「そうか——そうだよな」

まるで自分が激痛を覚えているみたいな顔をラルゴがする。

それが可愛くて、アルトはからかうように命じる。

「痛みをやわらげてみせよ」

唇を半開きにして誘うと、ラルゴが吸いつけられるように舌を口内にぬるりと挿れてくる。

もっと深く受け入れたくて、アルトはラルゴのほうへと身体を向け、向かい合わせに膝に座った。舌を絡めているだけで、内腿で自然とラルゴの腰を締めつけてしまう。

口腔と下腹部から甘い痺れが止め処なくこみ上げてくる。

背の痛みすら、その痺れに混ぜこまれて、快楽に転化されていくようだった。

「ん…ぁ、ふ」

口蓋を舌先でくすぐられて、アルトは下腹部をラルゴへと押しつける。硬くなった器官同士が触れ合うと、腰が自然にくねりだす。

ラルゴの広くて厚みのある肩に両手で摑まりながら、こんなふうに腰を振っていると、性的に成熟したのだという自信が湧き上がってくる。

ラルゴとはすでに幾度も性交を遂げているのだ。

内側をいっぱいに満たされて火傷しそうなほど摩擦される感覚が思い出され、アルトは身震いする。

けれども、その行為の前に、絶対にしておきたいことがひとつあった。

ラルゴの舌を口から出すと、アルトは命じた。

「その縁に腰掛けよ」

「どうしたんだ、急に？」

キスを中断させられたのを不満がる顔でラルゴが訊く。

「よいから、早く」

ラルゴが怪訝そうに黒大理石の浴槽の縁に腰掛ける。

その長くしなやかな脚のあいだに、アルトは湯舟に髪を漂わせながら身体を入れた。

痛々しいほど発情している陰茎を両手で握る。

「……アルト？」

上目遣いにラルゴを見上げて告げる。

「約束を果たす」

『……すべて終わって、魔界に戻ってから、してほしい』

聖堂でイムヌスを襲撃する前、口淫をほどこそうとしたときにラルゴからそう頼まれたのだ。

相討ちを覚悟していて、約束を果たすことはないのかもしれないと思っていた。

あの時の約束と気持ちを、ラルゴも思い出したのだろう。エメラルドの眸を潤ませて、噛み締めるように呟きながら頭を撫でてくれる。

「俺たち、一緒に帰ってこられたんだな」

アルトもまた泣きそうになりながら、唇をぶ厚い亀頭にくっつける。とたんに先端の孔からぬるつく先走りがどろりと溢れた。

舌を出してそれを舐めてみる。

――蕩ける……。

インキュバスの体液の効果もあるのだろうが、ラルゴが感じてくれているのだと思うと、舌だけでなく頭のなかまでも甘く蕩けていく。

理性が途切れて、はしたなく男の性器を舐めまわす。

それだけでは足りなくて咥えてみるものの、ラルゴのものはあまりに太いうえに長さもあり、半分も口にはいりきらない。

「く……、む、ふ」

ラルゴがやってくれたことを思い出しながら、頭を前後に動かし、つたない舌遣いで幹を愛撫する。夢中で奉仕していると、口のなかのものが身をくねらせた。

「ぁあ、アルト——アルトがこんな、可愛い口で、俺のを」

感動に声を震わせる男のものを、アルトは窒息しそうになりつつ喉深くまで含み、啜る。

ラルゴの身体がビクビクと跳ね、湯が波打つ。

わななく両手に頭を包まれて、アルトは瞼を震わせた。

喉にビュルビュルと塊のように濃い粘液を放たれていく。

感極まって涙を零しながら達する男の姿に、アルトはたまらない気持ちにさせられる。

——もっと、悦ばせてやりたい……。

口のなかのものは、放っても張り詰めたままだった。

アルトは性器を口から抜くと、腫れた唇から白濁を垂らしながら、ラルゴの身体を湯舟に引きずり下ろした。

湯のなかでラルゴに跨がり、彼の陰茎を握る。そして脚の奥へと亀頭を宛がった。

「アル、ト？」

我に返ったラルゴが慌てて、抗うような素振りを見せた。

「ちょっと待て。まだ」

「私に任せておくがよい」

一度ならずラルゴの陰茎を受け入れたのだから、できないはずがない。

アルトはそのまま腰を落とそうとして――すぐに襞が裂けそうな痛みを覚えて、呻いた。

「……なぁ、アルト、ほぐさねぇと」

苦しそうに言うラルゴを睨みつける。

「で、できるから――っ、……ん……」

懸命に腰を下げるのに、亀頭すら含みきれない。

「どう、して」

困惑して呟くと、ラルゴが優しい手つきで腰を撫でてきた。

「身体の大きさが元に戻ってるからだろ。尻もこんなに小さい」

大きな手に左右の尻をすっぽり包まれる。

言われてみれば確かに、性交をしたのはイムヌスの魔法で完成しきったあとの肉体だった。

その時と比べると、軽くひと回りはどこもかしこも小さくなっている。

「そん、な……」

内壁はすっかり性交での充足感をなまなましく思い出して、わななないていた。

「お前と繋がりたい……」

思わず口走ってしまってから、アルトは羞恥と切なさに目許を真っ赤にする。

ラルゴが唇をぐっと噛んで身震いしたかと思うと、アルトを両腕で抱きかかえて湯舟から立ち上がった。

「大丈夫だ」

自信たっぷりにラルゴが宣言する。

「この身体でもしっかり繋がれるようにしてやる」


身体も髪も雑に拭かれて、全裸のまま、三ヶ月ぶりに自分の天蓋付きベッドに転がされて、アルトは俯せのまま腰だけ上げる姿勢を取らされた。

そうして、ラルゴの舌と指で後孔をほぐしつくされて唾液を滴るほど流しこまれていくうちに、みずからゆるゆると腰を振っていた。

腰は甘い疼きで痺れきっていて、自分でもどうなっているのかよくわからない。

シーツに額をつけて自分の身体を覗きこんでみる。

反り返った茎の先から白濁混じりの蜜が糸を縒りながら垂れ、それが動くたびにたわんで揺れる。

「ああ……、っ」

四本目の指を挿れられると、茎が突っ張って大量の蜜を溢れさせた。

腰がカタカタと震える。

「ラルゴ——もう、挿れよ」

口から摂取した体液の効果も高まっているらしく、もういまや粘膜は咥えるものを欲してうねりつづけていた。

捻じりながら指を引き抜かれると、腰がガクンと落ちる。

アルトの身体を仰向けに返すと、ラルゴが瞬きも忘れたようにじっと見詰めてきた。

「……なにを見ているのだ」

ヒリヒリしている頬や首筋は、きっと真っ赤に違いない。粒になっている乳首は触ってほしそうに見えることだろう。茎は壊れたみたいに蜜をとろとろと漏らしつづけている。

腹部は、満たしてもらえる期待に震えていた。

いたたまれない心地になって身を丸めようとすると、ラルゴに両腕を摑まれて身体を開かされた。

「初めて会ったときのこと、覚えてるか？」

食虫植物に食べられていたまぬけなインキュバスのことなど、忘れられるわけがない。

「よく覚えている」

アルトはふわりと思い出し笑いをする。

「厚かましくて下品な男に、酷い絡まれ方をした」

「でも俺の必死のアピールにちゃんと反応して、助けてくれたんだよな」

体液を求められて唾をたくさんかけたのだ。

あんな出会い方をしたふたりが、こんな関係にいたるなど、どこの誰に話しても納得しないのではないだろうか？

脚を開かされて、そのあいだにラルゴが腰を入れてくる。

「アルトが助けてくれたから、一緒に旅をできたし、いまもこうして一緒にいられる」

「……これから先も、だ」

襞を男に押し拡げられながら、アルトは約束する。

「お前のことは――私がずっと、いつまでも生かしてやる」

ほぐしてもなお狭いところにラルゴが張り詰めたものを懸命に沈める。

「ぁ――」

弱る眸を覗きこまれる。

「アルトだけだ」

「ん…、あ……ぅ」

「アルトしかいらない」

この図々しくて淫らで、水をやらなければ枯れてしまう植物のように手のかかる男を生かせるのは、自分だけなのだ。

「っぁ――あ――」

熱い疼きに満ちていた深い場所を、ゴリゴリとこじ開けられて満たされて、アルトは知らずに微笑む。

そのほころんだ唇を、ラルゴにやわらかくついばまれる。ついばまれるたびに、身体が芯から甘くわななく。身体が浮き上がっていくような感覚に、アルトはラルゴにしがみついた。

そうして、譫言のように本心を口にする。

「百年後も……千年後も、お前とこうしていたい」

エメラルドの眸が光を溜めて、眩しいまでに煌めく。

「誓う。俺は永遠にアルトといる」

儚い生き物は、永遠を誓いたがる。

……そして自分もまた、儚い生き物にすぎないのだとアルトは思い知る。

「私も――永遠にお前と」

震える唇で誓うと、ラルゴがはしゃいで、力いっぱい抱きついてきた。

あとがき

こんにちは。沙野風結子（さのふゆこ）です。

今回は私的にはレアなコミカル話となりました。執筆作業時期に「シリアスを書きたくない病」に罹患していたのです。プロットもざっくりでライブ書き状態でした。

脳みそを楽にしてノリ重視で愉しく書けたものの、商業作としてどうなんだろう…と思ったわけですが、奈良（なら）先生のキャララフを見たときに「アリだった」と、ころっと気持ちが変わりました。読んでくださった方たちも「アリじゃないの」と思ってくださるとよいのですが。

長年やっているとどうしても「こうしなければならない」がこびりついてしまうので、それをこそげ落とすいい機会になった気がします。

アルトはものすごく書きやすい暗黒微笑キャラでした。本人は鋭いつもりでいますが、チョロいしボケです。そしてラルゴは思考の九割が（アルトとの）やらしいことを占めている能天気ボケ。メインふたりがボケ×ボケで、周りもツッコミといえるキャラがいない状態ですね。敵キャラふたりも色ボケありきです。

読んでくださる方がツッコミ役をする仕様となっております。


イラストをつけてくださった奈良千春（ちはる）先生、キラキラコミカルなキャラたちをデザインしていただけて、とても嬉しくて元気が出ました。ありがとうございます。口絵のアルト、あまりに可愛すぎて笑いました。ラルゴのエロ丸出し感、リフのモフモフ感、バッソのいい人感、もう眺めているだけで愉しくて仕方ありません！

いつもとは毛色が違う本作を書かせてくださった担当様、出版社様、ならびにデザイナー様や本作に関わってくださったすべての方々に感謝を。


そして、この本を手に取ってくださった皆様、本当にありがとうございます。

冒頭にも書いたとおりレア系な話となりましたが、ちょこっとでも笑ったり萌えたりしてもらえた部分があったら嬉しいです。

本作品は書き下ろしです

沙野風結子先生、奈良千春先生へのお便り、
本作品に関するご意見、ご感想などは
〒101-8405
東京都千代田区神田三崎町2-18-11
二見書房　シャレード文庫
「少年悪魔公爵、淫魔に憑かれる」係まで。

CHARADE BUNKO

少年悪魔公爵、淫魔に憑かれる

2023年4月20日　初版発行

【著者】沙野風結子

【発行所】株式会社二見書房
東京都千代田区神田三崎町2-18-11
電話　03(3515)2311［営業］
　　　03(3515)2314［編集］
振替　00170-4-2639
【印刷】株式会社 堀内印刷所
【製本】株式会社 村上製本所

落丁・乱丁本はお取り替えいたします。
定価は、カバーに表示してあります。

ISBN978-4-576-23035-1

https://charade.futami.co.jp/